TODA LA CAMA PARA MÍ

PAULA CELESTE

TODA LA CAMA PARA MÍ

Paula Celeste
Toda la cama para mí.
192 p. 22.86 x 15.24 cm.

Esta edición contiene modificaciones
respecto de la primera edición
publicada en 2015.

ISBN: 978-84-617-3647-8
ISBN 10: 84-617-3647-8

Ilustración de portada: Moeka
Mentora del proyecto: Silvia Adela Kohan
Maquetación: Magdalena Requejo

hola@todalacamaparami.com

Barcelona
2018

Dedicado a los que leyeron mis borradores
cuando todavía eran textos vagos,
a los que embriagaron conmigo
el stress del lanzamiento,
a los seguidores de mi blog,
a los colaboradores del proyecto
y su paciencia,
a Barcelona,
a mi amiga Pamela, porque sin ella
esta etapa sin pareja no me hubiera
dado ni para una gacetilla,
a las personas y personajes
que me fueron de inspiración
y a los que vendrán...

ÍNDICE

Por qué NO piratear
TODA LA CAMA PARA MÍ

- Porque para qué piratearlo, si es más barato que una camiseta, ¡y no pasa de moda! Y el *ebook* cuesta menos que un menú de McDonald's, ¡además leer no engorda!

- Porque sé que te va a tocar el alma que me haya dedicado un año en exclusiva al libro, fundiéndome casi todos mis ahorros. Apenas me llega para una hamburguesa y a mí me gusta el sushi que es *light* y tiene más *glamour*!

- Y porque estoy segura de que comprenderás el esfuerzo que es auto-publicarte un libro encargándote de TODO. Sacarlo a la venta merece una celebración y si no me llega para el sushi, imaginate para el *champagne* compartido con todos los que me aguantaron este año...

Por qué SÍ comprar el libro

- Porque te va a gustar. Pero si al terminarlo creés que no valió lo que pagaste, ya te invito yo a unos *rolls*.

Capítulo 1
Viernes 13 – Parte I

A salvo de Cupido

Mañana es San Valentín y no pasará nada. Será un día como cualquier otro. Como cualquier otro sábado, daré vueltas en la cama hasta las once y desayunaré largo y tendido. Quizás vaya a patinar con mis amigas a la playa y comamos algo en alguna terraza aprovechando el buen clima de Barcelona. Volveré a casa y, con unos mates como compañía, repasaré mi blog; con suerte agarraré fuerzas para retomarlo. Luego leeré hasta quedarme dormida. Sí, buen plan. Así estaré a salvo de Cupido y no me pasará lo del año pasado.

Para que no me atravesara ninguna flecha perdida, me tomé la molestia de avisarles a mis antiguos ligues, e incluso a uno esporádico, que estaría de viaje durante una semana.

Se me da bien alejarme de los hombres, incluso cuando los quiero cerca. Además, "¿para qué marear al corazón si tengo claro que quiero seguir soltera?", me enorgullecí en voz alta de mi responsabilidad, tirada en mi cama boca abajo, con las manos y las piernas extendidas, abarcándola toda. Pero basta con que bajes la guardia un momento para que las emociones te invadan... ¿Y quién ganaría esta vez la batalla?, ¿cabeza o corazón? Esto no lo sabría hasta hoy, el día post San Valentín. Un domingo que nada tendría que ver con cualquier otro domingo.

Pero todavía era viernes, y yo, ajena a todo lo que pudiera sucederme, me puse mis botines rojos de tachas, jeans pitillos negros, una camiseta del mismo color cortada a la altura de la cintura, el abrigo entallado y salí al encuentro de mis amigas en el Betty Ford's, nuestro habitual bar del Raval. Miré el móvil y la pantalla no me mostró ni un mensaje del género masculino. "Bien", me reafirmaba de forma ventrílocua la felicidad de mi estado civil mientras atravesaba la adoquinada calle Ferrán en esa noche llena de estrellas. La habilidad de hablar sin mover mucho los labios era algo que había desarrollado con los años para que la gente no pensara que soy una loca que va hablando sola por la calle.

Más de cinco años salí con mi ex, más de tres vivimos juntos, uno y medio llevaba sin él y más de tres queriendo acabar con ese asunto. Ya está, ya estaba. Hay pasos que llevan su tiempo dar, supongo que por eso, cuando al final una se decide, no le cuesta mantenerse en esa posición. Pero las depresiones pre-notengonoviosoyunadesgraciadaysiempreloseré estarían al caer, ya me iba haciendo a la idea. Y es que algunas de mis amigas son muy noveleras y desean con toda su alma tener un novio. Conté hasta diez y crucé las puertas de cristal con decisión, al final de cuentas, era mejor tomárselo con filosofía y unos vinos, el día siguiente sería aún peor para ellas y mi misión era estar ahí para sostenerlas.

—Un poco grunge tu look, ¿no? Parece que San Valentín no te encuentra muy romántica —Belén (27), crítica incontinente, me recibió acomodándose unas gafas gigantes de moderna total, pese a ser siempre muy clásica en su forma de vestir. Pero hoy no me iba a meter con Belén ni con su bipolaridad fashionista.

—Que me lo diga una vestida de gris...

Nos miramos con complicidad y me senté en la mesa alargada que solemos ocupar. En la pared que quedaba a mis espaldas, proyectaban Terminator en modo mute. Nada en ese bar era romántico, jamás, estaríamos a salvo.

Al momento, se nos acercó nuestro camarero preferido con su sonrisa amplia y su simpatía sin igual. Se sentó en nuestra mesa, nos hizo algunas preguntas de cortesía a las dos, y por primera vez me dijo que estaba guapa. Para evitar el sonrojo, le resté importancia al comentario con un "a cuántas le dirás los mismo", pero la verdad es que no esperaba que nadie me dijera nada lindo ese día y me encantó. Luego se levantó, y de camino a la barra, tomó nuestra comanda afirmando "lo de siempre". No era amor, no era deseo carnal, si no que era ese tipo de chico lindo, buena gente, que te da la esperanza de que si hay uno así puede haber muchos más ahí afuera esperando a que una quiera empezar algo algún día. Algo. Algún día. Definitivamente aún no. No era mi momento para estar de novia otra vez. No, no y no.

—¡Bon soire! —apareció Sophie (24) y nos sonrió de oreja a oreja, como si algo maravilloso hubiera sucedido. Pero conocíamos su volátil entusiasmo sin razón, así que no esperamos grandes noticias a causa de esto— ¡¿No está hérgmosá la noche con esa luna?! —varias personas se giraron a mirarla, no por que estuviera siendo muy escandalosa, sino por su típica feminidad francesa, perfecto corte carré rubio, un lunar debajo del ojo derecho que le aportaba dulzura y un je ne sais pas quoi que llamaban la atención allí a donde fuera.

—Todas las noches tienen luna —respondió Belén a su compañera de piso y salió a fumar.

Sophie, que se esforzaba en ponerle alegría a la noche, defendía su comentario sobre el satélite

—Está distinta, brilla más, échale un vistazo, que tú, para ser la únicá que está con un chico podrías mostrarte más sensible en la víspergá de...

—San Valentín. Qué depresión, güey... hoy me emborracharé a tequila, y mañana también —apareció Luciana

(26), cumpliendo con todos los estereotipos de mexicana modelo, de taconazos a mechas rubias.

Con Belén ya de vuelta, sólo faltaba Camila para completar el grupo pero, como siempre llegaba tarde, no la esperamos ni para brindar ni para pedir las patatas fritas con salsa especial de la casa que tanto nos gustaban. Todas mirábamos a Sophie quemarse con los chips recién llegados a la mesa mientras se quejaba de lo malo que era el vino tinto, —eso lo hacía en todos los bares que no contaran con una variedad con origen en Bordeaux, como ella, a menos que ya estuviera borracha—. Pero de repente, se desvió nuestra atención a otro lado. Con una coordinación inexplicablemente precisa, nuestros ojos se clavaron en la sedosa y rubia cabellera de nuestro camarero, y en una mano que no era la suya y que hacía correr sus cabellos entre los dedos. Una desconocida total, del lado de la barra de los clientes, tocaba a nuestro intocable. De inmediato volvieron nuestras miradas al centro de la mesa.

—Los buenos están todos cogidos, todos cogidos ya —dijo Belén.

—Me da igual si vienen cogidos, nadie los espera vírgenes, pero, ¿hasta nuestro eterno soltero va a tener novia? —Aunque hacía muchos años que había llegado de Argentina, todavía me divertía darle significado doble a esa palabra.— Además —seguí—, no entiendo nada. ¿Qué hace ligando con otra? Él estuvo re atento conmigo hoy, ¿o no Belén?

—A ver, te ha dicho que estabas guapa y ya. Jamás te tiró los tejos, ni los galgos, como tú dices, ni un posa vasos en la mesa. Nada de forma concreta.

Deu n-hi do con la catalana. —Tranquilas, que sólo le tocó el peló. Podría ser una amiga o la hergmana, es igual de rubia...—Sophie sembró una improbable duda y le devolvió la paz a la mesa.

Supuse que aún quedaban esperanzas. Aunque sólo le había tocado el pelo, algunas ya hacían pucheros, otras pretendíamos que no pasaba nada, pero se trataba de nuestro camarero, el de todas y el de nadie, de nadie en exclusiva.

Por mucho que me hiciera la indiferente, me resultaba imposible no pensar en el día del amor. No sé si había más parejas ante mis ojos o si reparaba más en ellas, pero me estaba entrando una terrible depresión por falta de besos. Y para colmo el cabrón de Cupido ni siquiera podía esperar a su día para iniciar el lanzamiento de flechas, pero le erraba a mi corazón y me daba directo al alma con escenas como esas. ¿Sería capaz de sobrevivir a San Valentín intacta? ¿Y mis amigas? Tres móviles que sonaron en menos de veinte minutos darían respuesta a más de una.

¡Pará con las flechas!

Lo que pasaba en la barra captó nuestra atención de nuevo. No había dudas, los rubios tenían algo. "Algo serio" conjeturamos. La chica se presentó en el puesto de trabajo de él, medio hippie pero no desalineada, era su estilo y a su manera iba guapa. Lo primero que hizo cuando llegó fue tocarle el pelo a los ojos de todos, luego se sentó en la barra, sola. Al rato, llegó una amiga suya más hipster que hippie. Las dos eran foráneas en este bar, y cuando parecía que podían ser los tres amigos, va la cubayá y lo besa en la boca. "Noooo. Hoy noooooo", nos lamentábamos todas en mayor o menor medida. Sophie hacía muecas de tragedia griega, Luciana le añadía dramatismo a la obra haciéndose un harakiri con una pajita, y Belén y yo nos reíamos de ellas. En general, nos entretenía mirar al camarero y hacer bromas sobre lo que haríamos con él en la cama; este imaginario de alcoba era una parte fundamental de cada encuentro en ese bar y esta rasta nos lo había arrebatado. También se llevó, con ese beso, el sonrojo que me despertó él ni bien entrar. Sin dudas la noche se estaba poniendo fea. ¿Podía empeorar? Sí, siempre pude ir todo a peor.

A falta de hombres presentes o ausentes, ¿de qué íbamos a hablar? La lucecita de mi móvil silenciado interrumpió mi pensamiento. Lo volteé. El corazón me pegó un sacudón y casi se me sale del pecho. Con discreción, lo volví a dar vuelta y lo dejé sobre la mesa como si nada, aunque la onda expansiva del fuerte latido me recorría todo el cuerpo. Era él, Jimmy. No iba a leerlo. No me hacía falta ver qué me decía el inglés para saber que era mejor mantenerme lejos suyo. No volvería a pasar por ese sufrimiento otra vez. No. Me quedé muda y, por alguna razón que desconozco, el resto también.

El silencio duró poco. Llegaron al bar unos chicos que le cortarían el habla a cualquiera, a cualquiera menos a nosotras que no nos calla nada, ni nadie, o no por más de unos segundos, así que yo tuve que forzarme a participar en los comentarios para que mi conmoción pasara desapercibida. Guiris, fijo. Lo notamos en los pantalones pitillos, las camisas de franela a cuadros, pero especialmente en el pelo tirando a colorado, serían holandeses, alemanes quizás...A Luciana se le dibujaron corazones en los ojos, Sophie, sin embargo, se preguntaba por qué nunca iban muchos latinos o españoles a ese bar.

Diferenciamos a los guiris por el atuendo. "El de verde" era el bombón que toda chica querría comerse en el día de los enamorados: alto, de espalda amplia, no muy pelirrojo, barba incipiente, labios rellenitos, ojos celestes, todo lindo —exceptuando lo de los ojos y la barba, se parecía bastante a Jimmy—; y "el de rojo" que, ya mirándolo mejor, era el prototipo de Luciana: cara de niño, un poco de pancita y de baja estatura. Este tipo de chicos era de su gusto exclusivo y, además, se fijaban en ella, así que "se lo dejamos" sin objeción. Los chicos se sentaron en la barra y nos ignoraron, cada uno a su manera: absolutamente, la apetecible pieza de confitería, y parcialmente, el que le gustaba a Lu. Del segundo, yo diría que era más por vergüenza que por falta de interés.

Con la presencia del de rojo, le tenía algo de fe a Luciana en esto de salir indemne al día siguiente. Pero todo dependía del desenlace de esa noche, ya que su misión en la vida, por mandato familiar y televisivo nacional mexicano, era casarse y tener hijos. Comenzar sola el día más importante del año para ella, después del día de la Virgen de Guadalupe, era lo peor que le podía pasar.

—Hazle ojitos al de rojo, es muy tú —Belén animó a la mexicana quien ya calculaba el ángulo de visión para hacerle una pizpireta caída de ojos con sus pestañas, discretas, pero postizas.

Belén espera y desespera

El móvil de Belén no iba a sonar aunque ella lo mirara de reojo todo el tiempo. A mí me causó gracia descubrir que, tras comprobar que no tenía mensajes de su chico, automáticamente se repasaba el carmín de sus voluminosos labios. Todo en ella era voluptuoso y sensual, pero su boca era lo único que destacaba sin tapujos. Belén nació en Barcelona, pero sus raíces paternas en la Andalucía medieval, allá arriba por Ronda, le habían forjado una coraza que la haría sobrevivir a este día sin problemas. Salía con nosotras desde que sus amigas catalanas estaban todas de novias tirando a casadas, y ella, que tenía un rollo a menos ratos de lo que deseaba, tuvo que buscar su grupo de solteras. Y lo había encontrado.

Belén era una de las mías, aunque más en apariencia. Decía no querer compromisos, pero creo que esa voluntad era más de su rollo que de ella. No era muy romántica, eso es cierto, pero sufría en silencio, y el silencio frente a los planes del día próximo me hacía pensar que Santiago, que de santo no tenía un pelo, no se había decidido a pasar con ella el día de San Valentín.

—Qué fuerte, ¿hace un año que salen y no tienen planes para mañana? —inquirió Luciana—. Es un cabrón, como todos —ya estaba irascible y todavía había un mensaje a punto de caerle...

—Tampoco somos novios y hoy trabaja hasta tarde en el bar, por eso no hemos concretado aún —lo justificaba Belén.

A mí no me engañaba, este pecaba de pensamiento, palabra, obra y omisión, pero no todo era por su culpa y su gran culpa, Belén lo perdonaba una y otra vez en lugar de excomulgarlo de su vida para siempre.

—Pero aunque salgá tarde podrán verse luego, ¿no...? —Siguió Sophie con la boca llena de patatas, siempre se las metía de a tres en la boca. Su comentario no se llegó a entender bien y se perdió en el aire, para suerte de Belén.

Sophie y los que la quieren

—Ménsajé —sacando el móvil del bolso, anunció Sophie en un español que venía perfeccionando hacía años como filóloga hispánica. Sólo arrastraba algunas erres y a veces confundía acentos o ponía más de uno en la misma palabra.

—¡¿Quién te escribe?! —La curiosidad asaltó a Belén más que al resto.

—Rogelio, el violonchelista que conocí en el centro cívicó de Horta. ¡Me dice de salir mañana!

—¡¿Quién?! —expresamos todas, pero no nos sorprendió mucho no tener ni idea de quién era, ni que pareciera no tener nada que ver con ella.

Sophie siempre tenía novios que le duraban poco, pero no sufría las pérdidas. Salía más bien con cualquiera que la quisiera querer. Una vez salió con un esquimal canadiense, lo juro. Recuerdo que el día que nos lo presentó, iba de civil, así que creerle era un acto de fe. No digo que esperara verlo llegar en trineo y con una foca muerta al hombro, pero no sé, una capucha de pelos como mínimo, era invierno después de todo... pero no, el chico se presentó como un moderno cualquiera. Recuerdo que se acariciaba la larga barba mientras me contaba que se había cansado de vivir en el mundo yuppie de su familia, que necesitaba saber lo que era ganarse el estar donde estaba para poder disfrutar de esos placeres. Total que se fue con un grupete de amigos en busca de sus orígenes a la parte más salvaje de Siberia. Ahí convivieron con una población de esquimales, en iglúes y todo durante algunos meses hasta emprender el camino a casa, en plan El último superviviente. Zarparon en una precaria embarcación —sus parámetros de precariedad pueden ser discutibles— y, cuales mongolos, cruzaron el estrecho de Bering rumbo a su Canadá natal. No sé dónde estará ahora, pero ese día que lo vi en Barcelona se hospedaba en el Casa Fuster, al final del Paseo de Gracia, el hotel con más pompa de toda la ciudad. Y se dedicaba a no hacer nada porque se lo había ganado con su expedición, obvio. Sólo Sophie sale con esta clase de rarezas.

Me reí al pensar que Rogelio, raro o no, al menos nos daría una historia divertida que contar. "Comprar palomitas para la juntada del domingo", me apunté mentalmente.

Tocada y herida

Mi móvil me trajo de vuelta al presente pero, por suerte, sólo lo noté yo. El pulso se me aceleró otra vez, los ojos se me abrieron tanto que me dolieron. Dolerme, me dolía hasta el alma en ese momento; cómo si me hubiera atravesado el pecho una punta filosa y envenenada. Otra vez Jimmy. ¿Qué hace escribiéndome? ¿Por qué a mí? ¿Por qué hoy? ¿Por qué, Dios, por qué? Yo quería un catorce de febrero en paz, estaba lista para eso por primera vez en mi vida.

Cuando estaba en pareja esperaba un poco de romanticismo ese día. Esperaba algo que jamás llegaba. Tampoco es que sea una chica a la que le guste todo rosita, sólo que, como nunca antes había tenido novio, deseaba que pasara algo un poco especial. Pero nada, mi ex se había encargado de destrozarme la ilusión año tras año poniendo como excusa "lo del capitalismo"; así que ahora que estaba felizmente soltera, menos pretensiones tenía aún. Pese a mi resignación, mi primer San Valentín después de dejarlo con mi ex fue el más bonito que había tenido. No sé por qué no me pude quedar en casa, así hoy no te extrañaría... Ay Moritz... ¿Vos también te acordarás de mí mañana? ¿Dónde estarás? ¿Te encontraré algún día?

Está claro que San Valentín me agarró con el corazón blandito. ¡Por Dios, que me dejara de escribir Jimmy! Además, si algo aprendí de mi seudo-relación con él, era que, para qué involucrarme con alguien y sufrir, si tengo claro que quiero estar sola... No iba a leerlo. Sé que puede sonar raro pero, cuando me pasan cosas así de fuertes, las reacciones me llegan con retraso.

Qué estaba haciendo la amiga de la hippie, era lo que nos preguntábamos todas cuando la vimos iniciar una conversación con el de verde. ¡Por el amor de Dios, qué acaparadoras estas dos! La cosa se estaba poniendo rara. Luciana perdía valor para conquistar al de rojo, así que pidió una ronda de tequila para todas. Obvio que lo aceptamos gustosas, después de todo, era viernes trece y la nochecita acababa de empezar...

El camarero ya estaba entregadísimo a los besos de la hippie —¿el dueño no le pensaba llamar la atención?—; Luciana estaba a punto de "pestañearle" al de rojo después del tequila sin sal ni limón; Belén, quedara o no con su rollo, al menos tenía algo en qué pensar; Sophie tenía cita, aunque fuera con un raro; y yo ya empezaba a sentir un poco de envidia por estas relaciones que no eran nada. Me llevé las manos a la cara y sentí que mis labios ejercían una leve presión en la palma. No me sorprendió, ya había descubierto hacía tiempo esta reacción de mi boca cuando sufría síndrome de abstinencia de besos. El miedo a la recaída con Jimmy estaba al acecho y me perseguía como Jack el destripador. Ya me imaginaba por el suelo y con el corazón destrozado otra vez.

Pero, ¿por qué el miedo?, ¿por qué iba a recaer, si yo salí muy segura de mi casa, decidida a pasar San Valentín sin un hombre al lado? No hallé una respuesta. Sólo supe que quería besos y más besos.

Si querés saber más sobre esta obsesión de Azul por los besos seguí leyendo, si te morís por saber qué pasará con Jimmy saltá al capítulo 3 y volvé a leer el capítulo 2 al terminar el libro.

Capítulo 2
Pulsión de besar

BESOS Y MÁS BESOS
Publicado por Azul/Jueves 17 de abril

Ay, mis amigas... Cómo me hacen reír. ¡Y cuánto material me dan para el blog!

Hoy a la tarde, estaba súper atrapada por la lectura; pero de repente, las alertas de nuestro grupo de chat me separaron del libro. Tras la conversación con ellas, me di cuenta de lo variados que pueden ser los besos y me vino a la cabeza algo que decía mi profesor de psicología, que todo lo que es "chupar" tiene su origen en la pulsión de mamar. Me pregunté entonces, ¿qué relación guarda la primera infancia de los hombres con cómo besan hoy? Y, más interesante aún, ¿qué información podemos sacar de este contacto físico?

Los que no meten lengua: ¡¿Por qué no meten la lengua?! Yo creo que estos, sin succionar leche, le chupaban la teta todo el día a la madre. No son emprendedores ni se marcan un objetivo final, más bien deben vivir para pasar el rato... Está claro que no van para maridos, pero con esos besos tan sosos ni para entretenerte sirven...

Los que la meten hasta las amígdalas: El pecho de su madre no tenía mucha leche y sienten que tienen que agarrar todo lo que puedan mientras puedan. A lo bruto. Saben cuál es su objetivo pero se desesperan en llegar en vez de planear una estrategia. No cuidan los detalles. Piensan en ellos y en lo que quieren conseguir y, lo más probable, es que fracasen en el intento. Y sí, es el típico que te va a mandar un mensaje a las tres de la madrugada de un viernes preguntándote qué estás haciendo. Ya lo sabés. Después no te hagas la sorprendida.

Los que te chupan hasta la oreja y te la dejan mojada: Incestuosos. En este grupo puede que hayan mamado hasta los dos años de edad, no supieron cómo afrontar el desapego y se prenden como ventosa a todo lo que se les cruza. El sexo oral puede ser bueno, pero no te dejes encandilar. Te va a llevar cada domingo a lo de su madre, no sólo para comer, sino para que aprendas a hacer los platos como los hace ella. Está claro también que la suegra te creerá una perra que le quiere arrebatar a su cachorro. ¡Mostrá los colmillos a tiempo que te come!

Los que dan piquitos: No fueron amamantados, les resulta desconocido eso de llevarse cosas a la boca y hasta les da un poquito de asco. No esperes pasión, ni sorpresas, ni jugueteo. No esperes mucho más que fidelidad; que no es poco. Pero planteate si ese es el hombre que querés al lado.

Los que besan bien: Estos no se analizan. Da igual cómo hayan sido criados y cómo procedan después en la vida, ya te enterarás. De entrada, les perdonamos todos los posibles traumas por ese momento en el que, con el roce de sus labios, nos hacen levitar.

El verdadero misterio sobre la pulsión de besar

Mis labios recorrían su boca ávidos de humedad; mi lengua mimosa abrazaba la suya; mis dientes, de carácter posesivo, se deslizaban por su labio inferior con cierta presión y lo traían hacia mí. Mi respiración se aceleraba, y mi pulso deseaba acompasarse con el suyo, pero... ¿por qué no podía ni tan sólo sentirlo?

Un rayo de sol que anunciaba el atardecer se coló por mi ventana y me sacó de la fantasía ese Viernes Santo, que de abstinencia no presagiaba nada. Abrí los ojos y me descubrí sola, sentada en mi cama, con mi libro a un costado y besándome la mano. No era la primera vez que me pasaba; en muchas otras ocasiones, aunque con intensidades diferentes, mi boca tomaba vida propia.

En ese momento, y antes de escribir el post, me acordé de que a partir del tercer año con mi ex ya no nos besábamos locamente. Bueno, casi ni nos besábamos; y hoy, a una semana de no estar con un chico, ya estaba como loca. Entonces... ¿cuándo habían recobrado valor los besos? ¿Qué significado tenían hoy para mí? ¿Cuál había sido el origen? Se me cayó le libro al suelo al recordar mi beso con Xavi, el primero estando sin novio. ¿Cómo pudo esa noche de desenlace desastroso, iniciar este vicio?

Xavi, mi nuevo primer beso

Al poco tiempo de mi separación, conocí a Xavi. Recuerdo que la adrenalina recorrió mi cuerpo al pasar el carmín por mis labios, antes de salir de casa. Posé mi boca en la mano para eliminar el exceso de lipstick, repetí la acción sin necesidad, y decidí que esa noche volvería a besar.

Ensayé la que había sido mi mirada sexy frente al espejo y no dudé en ponerme los zapatos con más tacón —4cm—, completé el look con unos jeans diurnos y una camiseta básica que me quedaba bien, —aún debía abastecer mi armario con ropa de noche— y salí al encuentro de Luciana para ir a Ocaña, una discoteca/bar en el barrio Gótico que, con el tiempo, se convertiría en nuestro comodín esas noches en las que no sabíamos qué hacer.

Ya dentro y con nuestros botellines de cerveza en la mano, vimos a dos chicos en una esquina. Uno de ellos era atlético, de perfil dulce y cabello oscuro, el otro también era moreno, pero el resto de características no las compartía. Como de las dos yo era la que llevaba más tiempo de abstinencia, la lástima jugó a mi favor y Luciana dijo que se conformaba con el otro. No tardé ni medio segundo en mirar al lindo, y éste y su amigo vinieron al instante. ¡Mi mirada sexy no había perdido ni un ápice de efectividad! Pero pronto, el entusiasmo se transformó en un miedo atroz. ¿Cómo besaría... yo? Durante años había besado al mismo hombre, que no se quejaba, pero no sé... ¿Y cómo sería ese primer acercamiento? ¿Cómo se le da un beso por primera vez a un chico? ¿Me sacaría a bailar? Quizás me invitaba a tomar algo, así nos separábamos de mi amiga y su amigo... o con unas palabras divertidas al oído... En los diez pasos que tardó Xavi en llegar a mi lado, se me generaron mil preguntas y temores, pero esa noche había salido dispuesta a ligar, así que dejé todo esto a un lado, respiré hondo y me presenté antes que él.

El chico no era muy de bailar, ni muy de invitar, ni muy de decir cosas bonitas. De hecho, me preguntó si no había tenido tiempo de pasar por casa después de la oficina... pero después de años, era el primer pretendiente que me salía, y yo tampoco había salido con demasiadas pretensiones. Así que antes de descubrir que no me interesaba nada, preferí quedarme con una duda poco razonable pero duda al fin, y lo besé yo. Con los ojos cerrados vi mil colores. Era sólo un beso, pero el primero con un desconocido después de siglos. Un tipo de lujuria que no volví a sentir más se apoderó de mí.

Al rato, Lu reconoció haberse precipitado con eso del conformismo, anunció que se iba.

—¿Tan temprano, Lu?

—Sí, está bien que no vaya a casarme con él, porque imposible que me dé una hija rubia con esa piel trigueña, pero...—dijo medio en serio y medio en broma.

Mi amiga ya tenía hecha la imagen de su hija: rubia, de cabello largo, brillando al viento mientras corría a sus brazos entre las flores del jardín de su casa; detrás, el cachorro de labrador seguía a su niña y su marido hacía largos de mariposa en la piscina olímpica. Hasta nombre tenía para ella, Marianela. Sólo le faltaba encontrar al padre.

—Luciana, ¿qué decís?

—Pero no es por eso que me largo, es que es bien raro el güey. Mira, me quiso chupar el pulgar, ¡y me rompió mi uña de gel! —Me mostró la mano horrorizada y siguió— ¿Pero a ti te gusta ese tío? ¡No te invitó ni la cerveza!

—Ya... pero es mono, ¿no?

—Él no lo sé, pero su amigo es un primate, ¡mira cómo dejó mi "maniquiur"! —dijo y se fue escandalizada.

La verdad es que entre Xavi y yo no había un interés que trascendiera el contacto físico, pero nos hicimos los tontos y seguimos tonteando hasta que cerraron el lugar. De camino a Plaza Cataluña, por La Rambla, nos besamos en cada farola como en la canción de Sabina. Aunque como ya había vivido suficientes emociones esa noche, no estaba para que desnudos al amanecer nos encontrara la luna. Desilusionaría a más de una amiga con esto de irme a casa solita, pero yo ya me sentía satisfecha con esa primera anécdota nocturna que aportar a nuestra tertulia post-party titulada No sabes a quién me comí anoche que comenzaba ya por la mañana en nuestro grupo de WhatsApp.

Y nos dieron las diez y las once. Las doce, la una, las dos, y las seis. Compartimos su último cigarrillo hasta una calle antes de la parada de taxis, ya que como él vivía "para el otro lado" y "era muy tarde" y "tenía sueño", no me acompañó a tomarlo. Pero su egoísmo se hizo más evidente con las últimas caladas del cigarrillo que se terminó sin ofrecerme; y así se esfumó la diversión de la noche dejando paso a un dolor de autoestima terrible que, en un sólo segundo, me hundió en el asiento de taxi. Las luces de la calle ya no se me hacían tan románticas, más bien alumbraban mi decepción respecto de esta nueva primera vez.

Ya a la mañana siguiente, les describí mi noche a las chicas aunque con cierta ligereza emocional. Con mis líneas, me forcé el convencimiento de que, aunque no me gustó nada la idea del contacto físico sin una complicidad real, eligiendo mejor al destinatario de mi cariño podría disfrutar de ese nuevo vicio sin más complicaciones.

¿Quiero besar por mis amigas?

Ya conocía el origen de los besos, pero seguiría dando vueltas en la cama hasta encontrarle sentido a eso del vicio. ¿Se debía sólo al tipo de correspondencia química que pudiera darse con un chico? ¿Había algo más detrás? ¿Qué? De repente me llegó un mensaje. El único posible era el tarado de Francesco. Un italiano que vi por última vez la semana pasada. Todos mis otros amantes habían quedado ya lejos, debía hacerle caso a Camila y renovar la plantilla de machos... Mi curiosidad le ganó a mi pereza y me estiré para agarrar el móvil que estaba a los pies de la cama, y también el libro, a ver si lo retomaba de una vez.

Camila: —Cómo no salieron anoche!! (emoticono serpentinas y copas de vino) No saben lo que se perdieron!! (emoticono caña de pescar).

¿Por qué me tuve que quedar hasta la mil en la agencia? Odié mi trabajo. Tenía que ver la forma de hacerme freelance, para estar más free y no perderme más salidas por proyectos que no me interesaban nada.

Belén: —Qué pescaste ayer? Cuenta ya!

Luciana: —Yo me quedé guardando energías para hoy. Al fin vendrá a cenar a casa el portugués amigo de mi sister!

Belén: —(Emoticono corazón, flecha a la derecha, flatulencia).

Sophie: —??!!

Luciana: —Whaaaat?!

Sophie: —Yo salí a tomar algo por la playa con el guardavidas japonés y me recitó haikus toda la noche a orillas del mar... al final me cogió la mano y me besó. Muy romántico, pero giraba su legua en mi boca como un carrousel. Un poco raro, pero creo que lo volveré a ver (emoticonos de ojos de corazones).

Luciana: —Al fin! Llevaban diez citas ya, no? Jiji!

Camila: —El beso del tornillo! Jaaaa!

Belén: —Al final yo me vi con Santiago. Vino a casa cuando salió del bar. Súper bien.

Yo: —Love is in the air (emoticono notas musicales) —Resolví el enigma de Belén que, aunque sin saberlo, había hecho diana con esos emoticonos y lo que resultaría luego la cita de Luciana con el portugués.

Esta conversación me inspiraba más ansiedad que amor, así que corté las notificaciones de grupo del chat. Estaba claro. Tener algo que contar en el grupo era una presión importante y una razón por la que el síndrome de abstinencia de besos se hacía manifiesta.

No dudé en mirar mi agenda y ver a quién podía escribirle. Por alguna razón, además de la alfabética, Xavi estaba al final de todo. ¿A quién estaba evocando esta tarde con los autobesos? Si lo descubría, podría revivir esa escena de pasión... ¿Quizás a un chico con el que tuviera algo más que una química fugaz?, ¿alguien que me invitara al menos una cerveza?, ¿Vic...? Primero le mandé un mensaje preguntándole qué hacía esa noche, luego me acordé de porqué él no me respondería y, después, de nuestros besos. Era una tarde de lectura imposible...

Vic, los besos más amorosos

Estaba con Sophie en el cumple de un amigo en un bar casi pegado a la discoteca a la que entraríamos luego, y entonces lo vi. Lo vi y me encantó. Su gran estatura y la amplitud de su espalda hacían contraste con su sonrisa infantil y la mirada pícara de sus ojos avellana. No reparó en mí sino hasta que nos estábamos yendo y como sólo me hizo entre risas un comentario tonto sobre la escasa longitud de mi vestido —¡que tampoco era tan corto!— no encontré excusa que salvara mi honra para permanecer ahí, y me fui lamentando no responderle con elocuencia algo que pudiera reconducir el diálogo y me condujera directo a su sus brazos.

Mucho más tarde en el Bling Bling, aburridas de estar en el VIP del cumpleañero, salimos con mi amiga a la zona de los mortales a hacer nuestro rutinario just having a look y entonces lo volví a ver. Sin mediar palabra, me sonrió y me alzó en el aire cruzando sus fornidos brazos justo donde terminaba mi vestido —al menos así no había riesgo de que se me viera nada— y comenzó a besarme hiperactivamente. Primero en las mejillas, luego en el cuello, y hasta en los ojos —Dios, cómo estaría mi maquillaje—. Me causó tanta gracia y ternura toda la situación que no pude hacer más que corresponderle cuando llegó a la boca.

Más tarde me di cuenta de que mi amiga había desaparecido y le dije a Vic que iba a buscarla y que nos veríamos luego, fuera del VIP.

—¿Qué tal el niño? —me gritó Sophie bailando como loca arriba de la mesa del VIP donde estaban las bebidas, mientras comía un canapé con una mano y sostenía otro con la otra. Me pregunté cómo ese cuerpito tan delgado podía aguantar esa alma de gorda y bebedora.

—Bien... quedamos en encontrarnos, pero de esto hace rato largo ya... —Hice pucheros sin querer. ¿Qué hacía yo extrañando a un niño de veintipoquísimos?

—Oh... ¡Pues espéralo aquí conmigo! —dijo y me agarró de la mano para que me subiera yo también.

Él tenía mi móvil, si quería encontrarme ya me llamaría, pensé y me quedé bailando con ella, comiendo canapés y ahogando mi desilusión con bebidas más generosas de gin que de tonics.

Cuando nos íbamos vi como cinco mensajes de Vic que no me habían llegado por falta de cobertura. ¡Qué alivio para mi moral! Ya fuera del club y muerta de vergüenza, lo vi salir solo.

—¿Dónde te has escondido? —me preguntó sin nada de enojo.

—No, bueno, es que... Sophie se sentía mal y me quedé haciéndole compañía...

En ese momento, para mi suerte, Sophie vomitó en un árbol todos los canapés y gin tonics y mi discurso ganó credibilidad.

—Estoy bien, chicooooos —dijo y se embarcó en el primer taxi que pasó. Suficiente para que nos despidiéramos de ella sin dudarlo.

Vic ni esperó a que arrancara el coche, volvió a alzarme en el aire y a besarme hiperactivamente.

Beso por mí

Horas más tarde, reproduciríamos esos besos en la misma cama en la que hoy me pregunto por qué estoy enganchada al roce de labios ajenos; y en otras citas los retomaríamos en mi ducha, en mi sofá, en.... Me reí. A falta de Vic, abracé mi delgado libro que ni por asomo se parecía al ancho tórax del waterpolista, así que lo usé para esconderme debajo y evitar que los intrépidos rayos del sol espiaran mi distracción. Pero no era a él a quién evoqué esa tarde. No era esa sensación de divertimento, sino como de "romance" y, en eso, mis amigas y el chismorreo del chat, nada tenían que ver. Estaba claro que la relación de los besos era con mis emociones, ¿pero cuáles..?

Con Matt sentí algo más que cariño, con Jimmy, algo menos que amor, y con ambos fui de beso rápido... con todos, en realidad, y mis historias se tornaban raras, ambiguas e inacabadas. En algunos casos, me daba un poco igual, pero sólo en algunos. Sophie siempre dice que, si a un chico te le entregás demasiado pronto, se aburrirá de vos antes de que le dé tiempo a conocerte. Así, nunca sabrás si le podrías haber gustado o no, y si luego te termina gustando a vos... tu es foutue. Por eso, decidí hacer un esfuerzo sobrehumano y probé lo de los besos tardíos con mi último ligue. Lástima que la teoría de la francesa tampoco pudo ser comprobada...

Francesco, *il bacio in ritardo*

Un par de semanas atrás, después de una tarde en patines por la playa con Camila y Luciana, fuimos a Maka-Maka, un bar donde nace la Avenida Borbón, con terraza y dj en vivo. El sol, que se ocultaba tras la sombrilla donde estaban Francesco y un amigo, me obligó a mirar en esa dirección. Consciente de su atractivo, el tipici italiani me sonreía desde su posición y me hacía señas con aires de superioridad para que me acercara a su mesa. Obbbvio que no iba a ser otra de las que satisficiera su ego, así que me quedé sentadita donde estaba, negando con la cabeza y asintiendo tácitamente con una sonrisa —al final de cuentas, arrogante o no, estaba como un grana padano—. El chico, desconcertado ante mi pasividad, esperó paciente y, en cuanto Lu se despidió, no dudó en sentarse en nuestra mesa. Me cortejó con mojitos y adulaciones varias: se me arrimó diciéndome algo cantarín al oído, pero yo me acordé de Sophie, y me alejé y me reí coqueta; se me volvió a arrimar y me volví a alejar mordiéndome traviesa el labio inferior; y otra vez se aproximó a mí jugueteando con la rodaja de lima del mojito en mi boca. Así hasta que Camila y yo dijimos que nos íbamos —aún no sé cómo hice para contenerme—. Al despedirnos, me pidió el teléfono y quedó en llamarme.

Como estuve unos días en Tarifa con las chicas, los mensajes sustituyeron sus susurrados piropos. Aunque no le creía nada de lo que me decía, le permití el coqueteo, por un lado, porque Luciana presumía de un ragazzo que había conocido ahí vacacionando y, por otro, porque me hacía gracia que me endulzara la oreja, o el ojo.

Ya de vuelta en Barcelona, me llevó un sábado al Parc Güell a ver el atardecer de la Ciudad Condal. A las horas, se me acercó prudente para besarme, y sonriente y haciéndome la tímida, lo esquivé, lo abracé y le di un besito en el cuello que me erizó a mí la piel.

Ya era tarde y refrescaba un poco en el mirador, así que le propuse ir al encuentro de unos amigos míos en Princesa 23, un bar estilo hindú del Borne —con gente de por medio sería más fácil la abstención—. Cuando llegamos, nos esperaban ya algunos de ellos tumbados en unos sillones gigantes con cócteles en la mano. De la nada, noté su deseo incontenible. Ya me estaba gustando esto de sentir que lo tenía a mis pies.

Entrada la madrugada, nos volvimos a quedar solos en ese sillón tan cómodo. Con los cachetes colorados, me preguntó si lo volvería a esquivar. Yo levanté los hombros y arqueé las cejas, como si no tuviera ni idea de lo que me estaba hablando. Lentamente me acarició la mejilla, apoyó su mano en mi cuello y me llevó hacia él a la vez que se acercaba. Con su otra mano me tomó por la cintura, me sostuvo la mirada hasta que nuestros labios se encontraron y, en un cerrar y abrir de ojos, me enamoré.

El sol se estaba asomando por la calle Princesa y, frente a su pregunta sobre si ir a tomar la última copa a su casa que no estaba lejos de allí, me salió el sí fácil otra vez.

Después del esmerado desayuno en su casa, Francesco, que vivía en Barceloneta, me dijo que le avisara si iba a Maka-Maka por la tarde; nos despedimos y quedamos en hablar.

Retomando la táctica de Sophie, no le dije que me pasaría por ahí con Luciana y Belén, quería caer en plan "si te veo bien y si no también". Lo que no me imaginaba era que su labia y sus labios ya estarían conquistando a otra. ¡A otra! Qué dolor de corazón y autoestima. No le dije nada, no pude. Lejos de estar a mis pies, era él el que pisoteaba mi orgullo y mis sentimientos precipitados.

Con las chicas nos fuimos a otro bar y, entre insultos a los hombres en general y al italiano en particular, nos preguntamos si valían más los besos o las decepciones. Y con este sólo debate, y una sensación de tristeza que todavía me acompañaba, terminó nuestro domingo.

La pregunta verdaderamente importante

¿Por qué no pude hacerme desear un poco más con Francesco? Quizás no quería novio en absoluto, sino que esta adrenalina, que se avivó en mi soltería, era una droga de la que no podía escapar y que me retenía en ese estado civil, ávida de nuevas experiencias y sensaciones. Pero entonces, ¿por qué recurriría al pasado para repetir amante...?

Y... ¿quién era?, ¿Moritz? No, de haber sido él quien venía a mi mente me hubiera dado cuenta al instante.

Me fue imposible ponerle cara al promotor de los besos matutinos. Si no veía con claridad de quién eran... ¿sería que no echaba en falta a nadie, sino a los besos en sí...?

Me rocé los labios con el pulgar y volví a sentir esa energía recorriendo todo mi cuerpo y pensé cómo la satisfacería ese Viernes Santo. Me remordieron un poco las reminiscencias de los Santos Evangelios que se leían en la capilla de mi colegio de monjas, diciéndome que era un día de abstinencia y sacrificio. Pero por darle la paz a algún chico no se enojaría el Señor... ¿A dónde podíamos salir esa noche? ¿Qué emociones encontraría? Y, ¿qué me pongo?

—Esto no te resultará una ofensa, Jesús, ¿no?... —dije mirando por la ventana y guiñando un ojo. Consideré que sería mejor este gesto que la señal de la cruz, más que nada para no empezar otra vez con los besos placebo.

Alerta de WhatsApp. ¿Vic? ¿Jimmy... ?¡¿Francesco?! No, Camila preguntándome si salía hoy con ella, el chico que había conocido anoche y unos amigos. Se suponía que debía estar contenta por el plan que se presentaba divertido, y es cierto que no busco novio y bla bla, pero mi mente seguía trayendo amantes pasados a mi presente. Sentirme valorada y querida era lo que buscaba satisfacer con esa pulsión de besar. Vi que esa adicción mía se debía a una necesidad de aprobación constante, de saberme deseada, requerida por más de un hombre, y así tener la "seguridad" de que, el día que quisiera volver a estar en pareja, habría más de uno dispuesto a amarme. Pero... ¿y si este vicio me enganchaba y no me dejaba nunca más volver a proyectar de a dos? ¿En algún momento la droga del amor podría sustituir este éxtasis? ¿Qué hacía yo planteándome tantas cosas en la víspera de un puente de fiestas varias?

Y en serio, ¡¿qué me pongo?!

Capítulo 3
Viernes 13-parte II

Yo, Sherlock

El deseo de tener al de verde sentado a mi lado se había cumplido. ¿Que cómo hice? Más importante es saber para qué: para nada. Para acumular una tragedia más esa noche. ¿Que qué pasó? No quiero ni acordarme, qué vergüenza... ¿Que qué hice yo para perderlo? Es más preciso preguntar quién me lo arrebató: esa que tras pasar la puerta asesinó sin pudor mi dignidad y mi moral.

Lo cierto es que había más de una sospechosa. Si tan sólo hubiera estado más atenta... ¿O no había sido todo tan obvio? Dejando atrás esa fatídica noche repasé los hechos con lupa de vuelta a casa.

Recomponiendo la escena del crimen

Recuerdo que estaba mareadísima tras un segundo tequila al que Luciana también nos invitó. Luego de controlar el tambaleo, salí del baño airosa con el mentón levantado y seguí de reojo las líneas de las baldosas los tres metros que separaban los servicios de la mesa. Al pasar por la barra, vi que la hipster y la hippie habían desaparecido misteriosamente y que los hombres que habían acaparado nuestra atención estaban al fin libres, esto me alegró más que todas las bebidas que ya me había bebido.

Le hice una caída de ojos al de verde que me respondió con una mueca ¿simpática?, ¿graciosa? En un intento de guiñada de ojo, frunció todo el lado izquierdo de su cara. Me dio tanta ternura que tuve que reprimir la risa floja hasta llegar a la mesa.

Luciana, que también se dio cuenta de que estas dos se habian ido, desplegó sus armas de seducción en un abrir y cerrar de ojos; él se acercó al instante y se sentó en nuestra mesa. ¿Qué haría el de verde? ¿Habría sido su extraña gesticulación una declaración de intenciones? Al principio creí que sí, luego, al ver que se quedaba en la barra pidiendo una cerveza al camarero con tanta simpatía, me despistó. Mientras tanto, Belén, Sophie y yo nos pusimos a ensayar miradas desafiantes en broma y así íbamos saboreando la posible llegada del bombón.

No me estoy contradiciendo. Cuando salí de casa ventrilocuando eso de que iba a pasar San Valentín sin un hombre, me refería a uno de esos que ya conocés de antes y que te pueden mover alguna emoción, o de esos que con una mirada se enamoran y te enamoran, y el de verde no pertenecía a ninguno de estos dos grupos. "En un ligue no hay amor", "acción no apareja emoción", me engañé.

Además, quién sabe quién era este de verde. Si bien era muy guapo y podía tener bien subida a la cabeza su propia imagen, sus ojos azul cielo me decían que sólo albergaba buenas intenciones, su cabello alborotado y su barba desprolija, que se trataba de un chico sin complicaciones. Podía empezar una historia bonita, una de esas que no te ocupan mucho ni la cabeza ni el corazón pero te entretienen un tiempo. Como el Omeprazol que me tomo cuando me ataca la acidez, esperaba que este chico me tapara el corazón y frenara mis impulsos por contestarle a Jimmy. Eso antes de descubrir quién era el zorrón que traspasó la puerta y me arrebató al bombón de entre los dientes.

Como no supe hasta el final de la noche quién se comería mi dulce, intenté atraerlo de mil maneras. Primero le lancé otra mirada de soslayo que esta vez no le llegó por culpa de una hipster que pasó por delante. ¡¿La hister y la hippie habían vuelto?! Yo que creí que se habían esfumado y sólo se habían ido a fumar. Al menos se pusieron a hablar con nuestro camarero —con lo que me conformo— y dejaron al de verde solo; ¿sólo para mí? ¡Ja! La vida se rió un rato de mi ingenuidad antes de darme una respuesta.

Camila es su propio Cupido

Era lo más justo que fuera yo la que se lo ligara: la catalana tenía un rollo; y la francesa, una posible cita. Pero mis temores se concentraban en Camila. Ya temía que me ganara una vez más su veteranía en esto de la seducción.

—¡¿Quién es ese bombón?! —Apareció Camila (33), mi compatriota, tras atravesar la entrada del bar, refiriéndose al de verde, antes de saludar a nadie y de quitarse algo de todo el ropaje en el que estaba envuelta hasta las orejas. Sí, hasta orejeras llevaba. Es exagerada para todo: para abrigarse, para darle volumen a su ondulada cabellera, y para abrir los ojos y la boca en señal de asombro. Supongo que será una característica heredada de su profesión. Camila es artista plástica y también se pasa con los chorretones de mil colores con los que salpica sus bastidores.

—Te presento a Klaus —le dijo Luciana haciendo señas para que se callara.

Camila le sonrió. Luego giró la cabeza y mirándonos a nosotras compartió su gran duda sobre si de pequeño se reirían de él llamándolo "Papá Noel"; luego se sentó a mi lado.

—Me pido a ese de la camisa verde a cuadros —Volvió a arremeter con la mano en alto.

—Podrías ser su tía, Camila. Te queda un poco chico, ¿no...? —dije por lo bajo, intentando desanimarla, pero no lo conseguí...

Mientras, se notaba que la pobre Lu sólo pensaba en amordazarla y maniatarla.

Camila siempre "se pedía" a los hombres y se los adueñaba. De alguna forma la elegían, pero su descarada forma de encararlos tampoco les dejaba muchas opciones. Para no variar, fue al baño con un lento caminar rumbo a mi chico de verde que aún esperaba su vuelto en la barra.

El único novio formal que tuvo Camila fue uno que le duró dos años —un mecenas muy paciente y millonario, pero muy aburrido y poco agraciado—. Ahora ya hacía seis que estaba a la búsqueda de otro que la amara pero que también la mantuviera y le pagara la niñera de sus futuros hijos mientras ella intentaba aparecer en el mapa bohemio de Barcelona, objetivo que olvidaba pasadas las dos copas. Así, terminaba con cualquier niño guapo y fiestero sin más, contradiciendo a su plan. Como el de verde, que también estaba más en la edad de seguir probando senos que de dar biberones. Puff... Pero a mí poco me importaba la descendencia de Camila, yo sólo quería hacerme con el de verde y abstenerme así de contactar con Jimmy.

El cuerpo del delito

El de verde enfiló a nuestra mesa evitando sin querer a Camila y se sentó enfrente mío y al lado de Sophie. Se presentó como Dirk y, aunque no mostró más interés por nosotras que por su móvil, provocó una exaltación descomunal en la mesa, como si a nuestras bebidas les hubieran echado boludol 2000mg. Los cachetes colorados, hablar unos decibeles más altos de lo habitual y reírse de cualquier tontería eran algunos de los efectos secundarios. Pero no era cuestión de competir, yo estaba segura de que, cuando llegara Camila del baño, se llevaría la palma en este aspecto.

Yo, que era algo más discreta, rompí el hielo con Dirk mientras jugaba con mi pelo. Cualquier principiante sabe que si la chica juega con el pelo, te está tirando los galgos, así que se lo dejé servido en bandeja con mi gesto.

—Así que son de Alemania... ¿Munich? —le pregunté con la esperanza de que dejara de mirar su teléfono y me mirara un poco a mí. Para despertar más interés en él, me llevé un mechón finito a la boca. ¡No! Eso no era sexy, eso era asqueroso. Escupí un pelo que se me había quedado dentro pero no salió. Intenté sacármelo con los dedos, pero cada vez se tornaba todo menos sensual, así que opté por dejarlo ahí. Borracha, con un pelo en la lengua y los inevitables gestos de incordio, mi imagen había caído en picada.

—No, Berlín —respondió, y levantó al fin la mirada del móvil.

Así iniciamos una larga conversación; no sé muy bien de qué, porque mientras movía sus carnosos labios me los imaginaba recorriéndome todo el cuerpo lentamente. Comenzaría alternado besos en las comisura de mi boca y lamiendo mis labios sin demasiada presión. Luego jugaría con el lóbulo de mi oreja y su barba rosaría mis mejillas y mi cuello haciéndome unas cosquillas que me harían estremecer. Me giraría de sopetón. Bajaría por mi nuca…

—Me voy a por otra birra —Se levantó sin ofrecerme una, pero se lo perdoné justificándolo con que todavía quedaba un poco de vino en mi copa.

Miré el móvil de Belén y vi que ya era San Valentín. "¿Traerá él un dulce sabor a mis labios y al resto de mi cuerpo? ¿Verá Camila la química que hay entre nosotros y abandonará la conquista?"

"Perdón, ¿qué hace la hipster coqueteando con mi chico en la barra? ¿hay que ponerles cartel? ¿Y no ves que no te da bola, nena? Y dejá de cambiarte el pelo de lado cada dos segundos, es patético. ¡Si hasta prefiere hablar con el barman antes que con vos! ¡Date cuenta! Relax, Azul. Ahí vuelve a la mesa. Comerte ese bombón será cuestión de tiempo." No podía parar de pensar, pero intentaba no emitir sonidos que evidenciaran mis diálogos internos.

¿Una menos?

Desde mi posición, vi como, tras una eternidad, Camila salía a las apuradas del baño haciendo giratoria la puerta. Conozco a mi amiga como la palma de mi mano y puedo asegurar que el ochenta por ciento de ese tiempo lo pasó remarcándose: el rubor, un ancho delineado, rímel, y pecas de mentira que, según ella, la hacen verse más joven.

De la nada se me cruzó la idea de que Dirk estaba conversando conmigo, no porque yo le gustara, sino por matar el tiempo. Debía confirmarlo. Le pedí el rouge a Belén y me remarqué los labios con disimulo, luego le lancé otra mirada sexy. Esta vez, nada se podía interponer. Él me miró, sonrió y volvió su atención al móvil. Yo no dije nada, pero sí mi cara de decepción.

—Azul, olvidate, el de verde no te da bola. Pasé por atrás suyo. Está chateando con una tal Andrea en un tono un poco guarro, o sea... —soltó con frialdad y encendió mi ira.

—"Andreas", con "s" es un nombre alemán de hómbrgé, quizás lo has visto mal —Sophie salió a mi auxilio por lo bajo.

—"Andrea" también es un nombre de hombre... —dijo Belén y destensó el ambiente.

Les di la razón a la francesa y a la catalana. Al final de cuentas, él estaba siendo simpático conmigo, y si quisiera estar con esa tal Andreíta —o con la moderna— no estaría acá dándome charla; y bueno, porque eventualmente mirara el teléfono tampoco pasaba nada. En cualquier caso, Camila había bajado la mano en lo de pedirse a Dirk, segura de lo que había visto. Aunque por un lado me alegrara no tener competencia, me molestaba, y mucho, tener que conformarme una vez más con los descartes de mi amiga. Pero bueno, ya era casi mío, me contenté por adelantado.

La novela de Luciana

Luciana se hacía la divertida y casual entre carcajadas mientras le daba una palmada en el pecho a "Santa" por cualquier cosa, pero, a pesar de tanta risa, por dentro pensaba en los rizos dorados de la niña que él podría darle. Pongo las manos en el fuego de una hoguera encendida dentro de la boca de un dragón que sobrevuela un volcán en erupción por esta teoría. Lástima que su fantasía durara tan poco...

—Miren chicas... —dijo Lu por lo bajo. El móvil que faltaba por sonar distrajo la atención y la tensión.

"Feliz día, guapa, también es el día de la amistad. Espero que pronto puedas rehacer tu vida ;). Un beso". Leí del móvil de Lu, mientras lo íbamos pasando de mano en mano.

Su ex siempre le enviaba mensajes feroces disfrazados de cordero, con una ambigüedad que dejaba a nuestra amiga con el alma rota. Luciana había rozado su sueño de familia feliz con él, hasta que un día se hartó de sus manipulaciones y maltratos psicológicos y cortó esa relación. Pero su separación fue bastante tortuosa y con poca decisión por ambas partes. Ella intentaba enamorarse de cada hombre que la vida le ponía delante pero recaía con "El pequeño dictador". Nos lo confesaba cuando ya no daba más del dolor.

La cara de pena que teníamos todas intrigó a Klaus. Sin preguntar, le hizo señas a un paki que entraba al bar, le compró el ramo entero de rosas y se lo dio. Así, tapó momentáneamente la tristeza de nuestra amiga y se convirtió en el nuevo galán de su eterno melodrama.

El móvil, un arma de doble filo

Todos estábamos bebiendo alegres —yo más que alegre—, y hablando de nada trascendental, por suerte para mis neuronas, cuando mi móvil volvió a sonar para darme más sorpresas aún...

—¿Quién te escribe? Mostrame —Camila me sacó el móvil de la mano antes de que yo lo pudiera ver.— ¿Matt?

—No, Jimmy, pero yo no le escribí, fue él —Me atajé.

—No, es Matt, mirá —Me mostró el móvil que sólo decía "what's up? Te vi por la calle pero no te dije nada porque estabas en Milano."— ¿Qué dice? ¿Y a estas horas te escribe? Este cabrón no cambia más.

Mi rollito esporádico no era de proponerme paseos por el parque de la mano... pero a veces me agarraba de moral voluble o boluda y quedaba con él incluso en estas condiciones.

—¿Pero cómo que te escribió Jimmy? ¡Cuéntalo ya! —Belén se volcó en la historia y al fin soltó su móvil y su carmín.

Negué con la cabeza y no me insistieron demasiado en que les mostrara los mensajes, ya conocían mi determinación. En cambio se abocaron en acercarme a Dirk. Se las ingeniaron no sé cómo para hacer cambios de sitio y dejarlo a mi lado. Pero... y siempre hay un "pero", quedó otro asiento por ocupar a su lado. La hipster aprovechó la oportunidad, se nos acercó lentamente y le dejó a Dirk un posavasos con algo escrito. Él se rió y lo dejó sobre la mesa dado vuelta. Como volviera y se sentara a su lado, yo la mataba. ¿Es que el mundo no me comprendía? ¡Yo no quería a Dirk, yo necesitaba a Dirk cerca para no acercarme a Jimmy! "Dirk, dame bola. Mirame, mirame, mirame. Dejá ese móvil y mirame. Salvame con tus fuertes brazos y voluminosos labios de una posible recaída con Jimmy. Mirame, tocame, besame antes de que alguien haga chirriar las bisagras de esa puerta y de mi dignidad y me aleje de vos ya por siempre."

Las principales sospechosas

Me pedí un mojito sólo para poder jugar con la pajita mientras charlaba con él. La paseé por mis labios y la hice repicar en cada uno de mis dientes para captar su atención otra vez fija en su móvil. Al fin me miró, pero fue por una situación muy poco afortunada. Como ya estaba casi borracha, no quería más alcohol, pero me hice la que tomaba para no quedar tan ridícula con el juego de la pajita, entonces un trago llegó por accidente a mi boca. Mi acto reflejo fue soltar la pajita y le catapulté ese líquido pringoso en toda la cara y el móvil. A él no le resultó tan gracioso como a mis amigas que se partían de risa sin complejos, y se levantó a buscar servilletas sin decir ni una palabra. Ahí vi cómo se abrió la puerta de los servicios. La hipster salió, se pegó a Dirk en la barra y vino a nuestra mesa con él. Poca broma con los de los carteles.

Tenía que participar en la conversación de la mesa como fuera y restarle protagonismo a la moderna. Lástima que ahora Klaus se desprendía de Luciana y hablaba de fútbol, o más bien monologaba dirigiéndose a un amigo mudo. Yo no tenía ni idea de cómo iba la liga, pero mi perseverancia etílica se manifestó otra vez, me jugó una mala pasada, y Camila y la hipster se jugaron la vida con sus comentarios.

—¿Cómo va a decir la alineación antes del partido? Habló y lo jodió todo —Santa me dio una entrada triunfal en la charla.

—Y, sí, en boca cerrada no entran ratones. —Las frases hechas encajan aunque no tengas ni idea de qué va el tema, pensé, la solté grandilocuente y lo rematé con una ligera subida de hombros. Al instante me di cuenta de mi error garrafal. ¡Nooooo!

—Claro, y más vale pájaro en mano que si no se va mucho a la fuente y al final te la rompe —aportó Camila sin remordimientos.

Yo quería matarla y Dirk se moría de risa.

—Te juro que el refrán del gato me lo sé. Es ese que... —fui incapaz de completar la frase. ¡Tierra, sacame de aquí! ¡Dios, tragame!

—En casa de herrero no hay astillas, aunque su cuchillo sea de "tal" palo —decía entre carcajadas la hipster, y hacía las comillas con los dedos.

Los calores del alcohol y la vergüenza se me subían a los cachetes que ya estaban casi tan colorados como la boca de Belén.

Si me pedía un agua y me comportaba como una señorita sobria, podía tener posibilidades con el chico de facciones perfectas y perfeccionar un poco esa noche desastrosa, pensé, mientras el zorrón se acercaba con sigilo. ¿Y el posavasos dónde estaba?, ¿se lo había guardado?

"Nada es más decepcionante que un hecho obvio"

Cuando pensaba que todos los protagonistas de la noche estaban sentados en la mesa, un chico esbelto, de reluciente melena azabache que le llegaba a la cintura, entró en el bar con formas poco masculinas, saludó a Santa y se sentó en nuestra mesa presentándose como Andrea.

"La puta", fue mi pensamiento instintivo. Cuando noté la alegría de Dirk al verlo, dos palabras más "hijo" y "de", ocuparon el resto de mi mente. ¿Era gay? Pero, ¿cómo? Si se había guardado el posavasos con el número de la hipster... Éste le daba a todo y el muy cabrón me había dado charla de forma intermitente según veía el éxito o fracaso del encuentro con su "Andrea" hombre... La moderna agitó la bandera blanca y se fue enseguida de la mesa. Dirk sentó al chico al lado suyo, guardó al fin el móvil en el bolsillo de su chaqueta y nos ignoró a todos los de la mesa a partir de ese momento. Medio tonta me sentía cada vez que este tarado miraba su teléfono, pero con esto ya me sentí demasiado boluda. Aún peor me sentía, usada y descartada, ¡por un tipo! Mis amigas se compadecieron con la mirada baja, ¿o bajaban la cabeza para que no les descubriera la risa? No lo sé. Camila, en un acto de piedad, ni mencionó lo que vio en el móvil, sólo preguntó en voz alta qué acondicionador usaría el recién llegado. Luego fue a pedirse otro vino.

Ahora no sólo tenía de frente a Mr. Pelazo y a Dirk expresándose orgullo el uno al otro, sino que a mis espaldas hasta Sarah Connor tenía su escena de amor en Terminator. ¡Qué depresión!

Volviendo mi vista al frente, ¿estaba Camila sacándole el teléfono al camarero? No pude evitar reírme de la situación. No le habíamos contado nada de la hippie. Qué pérdida de tiempo para ella. Y que pérdida de tiempo para nosotras seguir ahí, concluimos: Belén, que no paraba de mirar el móvil desilusionada, Sophie, que lo miraba con una ilusión tremenda tras leer y responder cada mensaje de Rogelio, y yo, que de la indiferencia respecto de San Valentín con la que había salido de casa, no conservaba nada.

¿Sola ante el peligro?

—La homosexualidad y bisexualidad deberían ser ilegales en ciudades como Barcelona con el mogollón de solteras que hay —dijo Belén encendiéndose un cigarrillo y abriéndose paso a la calle.

Asentí, le pedí uno y, tras dos besos a ella y a Sophie, emprendí camino otra vez sola por el Raval de vuelta a casa. El trayecto no era lo único que se había invertido. Mi seguridad había dejado paso a las dudas, al temor y a un sentimiento de abandono. El regresar sola ya no hablaba de independencia, sino de rechazo. Por otro lado, estaba el mensaje de Matt a las mil de la madrugada. Aunque bien sabía que no había amor entre nosotros, el pasado me zarandeaba para hacerme entender que para nada se acercaba a ese tipo de hombres Omeprazol que me auto-receté a mediados de la noche. Matt pertenecía más bien al peligroso tipo de relaciones que llamo "yoyó". Debía ir con cuidado y abstenerme de cualquier contacto con él en estos momentos de debilidad.

Y para rematar estaba Jimmy...

Cabizbaja, seguí la línea de farolas atravesando el barrio Gótico y, mientras las gárgolas se reían de mí, hice un repaso rápido de ese viernes trece que había cambiado de thriller a género policial en un momento y terminaba como un culebrón latino: abofeteada mi moral por la morenaza amanerada; rechazada y por el bombonazo y humillada estaba; por el camarero elogiada y luego ignorada; recordada y aclamada por mi rollo recién a las dos de la madrugada, y mensajeada, aterrorizada e intrigada por una vuelta inesperada. ¿Más tragedias caerían sobre mí esa noche? No. Estaba a punto de llegar a casa, leer los mensajes de quien me rompió el corazón en el pasado y dormir. ¿Le contestaría o no? No era la primera vez que el inglés me ponía en esta disyuntiva, aunque en el pasado fuera por temas menos existenciales. En cualquier caso, lo que pudiera sucederme tendría que esperar al día siguiente...

En cuanto llegué a casa, hurgué en la alacena de mi cocina y me hice con la caja de barritas Special K —el único chocolate admitido en mi casa tras mi separación— y me pegué un atracón en la cama. Qué fría estaba... Me acurruqué y miré el móvil: en el chat de grupo de mis amigas encontré mensajes con emoticonos de besos, flores y bombones. Posibles planes para el día siguiente me devolvieron la sonrisa y me alegré de tener amigas que me contuvieran y acompañaran en mi segundo San Valentín sin pareja.

Capítulo 4
¿Le escribo o no le escribo?

1, 2, 3... YA VA A ESCRIBIR. 4, 5, 6...

Publicado por Azul/Lunes 27 de enero

¿Qué es peor que un día aburrido de trabajo? Un día aburrido de trabajo en el que ÉL no te escribe. Esto se me hizo manifiesto hoy en la agencia, cuando una amiga me perseguía por WhatsApp para que le explicara por qué su rollo no le decía nada desde hacía días. Por favor, que la convoquen a una reunión intrascendente, que le adelanten la entrega de un informe, lo que sea para que deje de interrumpirme con estas chorradas.

Para distraerla, y que me dejara un poco tranquila, le envié una lista de cosas que podía hacer para no pensar en si escribirle o no. La comparto con ustedes, quizás, en algún momento, les sea de utilidad...

Hacer un repaso de posibles sustitutos y enumerarlos. Empezá por los que tenés a la vista en la oficina y pasá la lupa hasta por el informático. Ahora, si lo incluís, es que estás fatal.

Servirte de los becarios. Agarrá a uno o a dos y llevátelos al café de la esquina para "organizar la agenda de la semana". Una vez ahí les soltás tu rollo. Cuando ni tus amigas quieran escucharte, esa orejita principiante estará encantada de que cuentes con su opinión.

Hacerte un té. Andá a la cocina por las escaleras, que tardás más, y paseate por la zona. Con suerte, encontrarás a la mujer de la limpieza o al hombre de mantenimiento. Estos siempre quieren hablar de sus hijos, sobrinos, recetas de cocina, cómo regar las plantas... Mínimo veinte minutos de espera los tenés cubiertos.

Escribir tus pensamientos y no compartirlos nunca nunca jamás. Son demasiado patéticos.

Mis pensamientos patéticos que nunca

nunca jamás verán la luz

¿Qué es más indigno para mi alma: sufrir la espera, la ausencia del tritono de WhatsApp, verlo conectado en Facebook y que no me escriba, o tomar el móvil de una vez, hacerlo yo, y cesar así esta agonía?

¿Por qué no me escribís, Jimmy?, ¿hice algo que te pudiera molestar?, ¿o que te hiciera sentir agobiado? No. Si siempre fuiste vos el que me andaba atrás, preguntándome cómo estaba y mandándome fotos de lo que comías —desayuno, almuerzo, merienda o cena, lo mismo te daba—. Y yo no, bueno, no hasta anteayer. ¿Tiene algo de malo mi foto? Ay, dale, escribime. ¿Qué te cuesta? No te digo que me digas cuán delicioso te parece mi churrasco, ni que me preguntes cómo lo cocino para que me quede tan al punto, pero decime algo. Un "hola", un "how are you, bonita", como me decís siempre. Como me decías siempre... Bueno, lo de "bonita", si no querés, no me lo digas, pero decime "hola" al menos.

¿Y? ¡Dale! Ya no me está haciendo gracia, para nada. ¿Te estás haciendo desear? ¿Cómo es el jueguito, empezás dándolo todo y cuando una se muestra un poco interesada te retirás? Mejor me relajo, quizás está ocupado, al final de cuentas es lunes y los lunes se arranca fuerte la semana. Son las cuatro y media de la tarde y si yo tengo un montón de cosas por hacer aún, probablemente él también. O no, porque los músicos no sé cuándo ni cómo trabajan. El que escriba las letras capaz se fuma un porro y se sienta a componer. Incluso el guitarrista podría eventualmente tener sus horarios. Pero un baterista, ¿cuándo labura?

Yo sí que debería trabajar. Trabajar, trabajar, trabajar... Voy al baño. Voy a dejar el móvil en el escritorio y voy a ir al baño. Me voy a tomar mi tiempo. Voy a silenciar el móvil primero, que típico que te levantás y empieza a sonar como loco y cuando llegás de vuelta a tu escritorio todo el mundo te mira mal, y no quiero que me miren mal porque me hayas escrito unos pocos mensajes en mi ausencia. Silenciado.

Ay, no sé si ver si me escribió o no... Tardé todo lo que pude en el baño, hasta me fui al de la planta de abajo de todo y subí y bajé las escaleras en vez de usar el ascensor, pero sólo pasaron tres minutos. ¿Y si lo miro y no me escribió? No voy a mirar. ¿Y si me escribió y como ve que no le contesto se enoja conmigo y ya nunca más me escribe? A ver, hace casi dos días que no me escribe, cuando lo haga, no tengo porqué contestarle al instante. ¿Qué se piensa, que estoy todo el día pendiente del móvil a ver si me escribe o no? Ay, voy a mirar.

¿Quién se cree que es para no contestarme desde el sábado al medio día? Yo le contesté a todas esas fotos boludas y hasta smileys le puse a una mierda de tostada con mermelada que me envió. ¿A alguien se le ocurre algo más corriente que una tostada con mermelada? Y yo voy y le digo que qué rico y que mmm... Qué tarada.

Vegetariano no era... ¿o sí? No, creo que no. Me mandó fotos de tostadas con mermelada, de ensaladas con nueces y queso de cabra —mmm... queso de cabra—, de tallarines con setas y de lasaña de verduras... Ahora que lo pienso, en ninguna había carne, de ningún tipo; y esa vez que fuimos a comer él dijo que no tenía apetito y sólo comió patatas fritas. Quizás sea vegetariano... ¿Le habrá caído mal mi foto? ¿Te cayó mal mi foto? Ay no, pero yo por vos como lechuguita todo el día. ¡De verdad! A mí me gustan mucho las verduras, a la plancha, al horno... Escribime... Por favor, escribime y yo te lo explico todo. No como carne todos los días y el maltrato a los animales no me gusta. De hecho... sí, ¡eso! Cuando me escriba le voy a decir que colaboro con Greenpeace. ¡Es cierto! Hace como dos meses, me interceptó por la calle un bombón con chaleco de ONG —eso fue antes de conocerte a vos— y me convenció de hacerme socia por sólo diez euros al mes. ¿Ves? Me preocupan los bichos. ¡Como a vos! ¡Somos afines! ¡Escribime!

¿Se habrán dado cuenta mis compañeros de que no estoy haciendo nada desde hace un rato? ¿Se notará en mi cara? Voy a abrir algún documento así mi pantalla disimula por mí.

Si no me escribe él, le puedo escribir yo, ¿no? Tampoco tiene nada de malo. Tampoco puede pensar que lo agobio, hace dos días que no nos escribimos y, hasta ahora, todos los días teníamos aunque sea una mini conversación, incluso los días que nos veíamos. Pero es cierto que los hombres necesitan más espacio que nosotras, eso dicen todas las revistas femeninas y Sophie. El otro día, leí un artículo que decía que hay que dejarlos a su aire cuando se ponen distantes y que ellos ya vuelven solos ¿Pero por cuánto tiempo? Yo dejo un montón de espacio. Siempre, soy así. Por ejemplo, con mi ex, nos dábamos tanto espacio que cada uno tenía su grupo de amigos y no interferíamos en los planes del otro, casi nunca. Y a pesar de ir al mismo gym, no solíamos coincidir en los horarios, sólo los sábados, y al final ni eso... demasiado espacio nos dejábamos. O sea que si querés espacio, por mí no hay problema, en eso somos iguales. ¿Ves? Conmigo vas a tener todo el espacio que quieras. Bueno, en la cama me gusta dormir cucharita, pero un rato nomás, después ya me pongo boca abajo o de costado pero sin tocarte mucho. ¿Me vas a escribir?

Explicame qué estás haciendo que no me escribís. ¿Qué hace un baterista de indie rock un lunes? Ni siquiera es que sea predominante tu rol en la banda. No te ofendas, pero vos estás ahí al fondo y ese género musical tuyo no es heavy, ni punk para que estés con las baquetas en la mano todo el día ensayando, pero si las tenés ahora, soltalas un ratito, unos segundos, y decime algo a mí.

Puedo esperar, aletargar mis impulsos de escribirle, dar vuelta el móvil y reconfortarme en la ignorancia de las alertas que lleguen o no a mi teléfono o ponerme a trabajar de una vez, y así seguro que se me pasa más rápido la espera. Pero... capaz que si no le escribo puede pensar que paso de él. Sí, tiene que ser eso. Está poniendo a prueba mi interés, porque siempre fue él el que estuvo atrás mandándome sus canciones y fotos y yo no le prestaba mucha atención... Sí, sí, tiene que ser eso. Él está esperando a que yo le escriba. Al final de cuentas, él me preguntó que qué tal todo y yo sólo le mandé la foto del churrasco y nunca le pregunté cómo estaba, ni le di pie a ningún tipo de conversación, en plan "yo la estoy pasando bien con una amiga y lo que vos hagas me da igual". ¿Le escribo?

¡Me escribió! ¡Ay mi corazón, que se me sale! A ver qué dice... Es Luciana. Siempre es Luciana. Debería haber una aplicación móvil que bloqueara las alertas de todos los contactos excepto el del chico que esperás que te escriba. Para prevenir infartos innecesarios más que nada. Puta Luciana...

¿Y si le pongo un like a una foto suya? A alguna de la banda. Nunca lo hice y él a mí siempre me está poniendo pulgares para arriba. O más bien me los ponía. Pasado. ¿Habrá pensado que yo no respeto su profesión o que no me gusta su música? ¡No! No pienses eso. Yo no me meto en tus redes sociales por no interferir en tu mundo y el de tus amigos, por eso no te comento nada, ni te pongo likes, por el tema del espacio que te decía antes, pero a mí me encanta tu música. Bueno, la música es mejorable, y las letras... tienen que contratar a alguien para eso, el pobre Greg que se limite a cantar. Pero me encanta verte tocar. Bueno, me encantás vos, y que me toques a mí. Ya le puse un like. Mierda, el pibe pasa de mí durante dos días y yo voy y le pongo un like. Qué arrastrada. Se lo voy a sacar rápido así no se da cuenta.

Si no le escribo no pasa nada, pero si le escribo, pueden pasar dos cosas: que piense "qué bonita, se acuerda de mí" y me responda, o que se sienta presionado y no me escriba más. Si piensa "qué bonita, se acuerda de mí" y me responde no pasa nada, pero si se siente presionado y no me escribe más, pueden pasar dos cosas: que yo no llore, o que sí llore. Si no lloro no pasa nada, pero si sí lloro pueden pasar dos cosas: que se me pase, o que no se me pase jamás la tristeza. Si se me pasa, no pasa nada, pero si me quedo triste ya por siempre pueden pasar dos cosas: que... Qué patética que soy, por el amor de Dios. ¿Cómo voy a estar triste por siempre porque un pibe que conozco desde hace quince días escasos no me dijo nada de una foto de un churrasco?

Recapitulemos. Yo estaba con Luciana y le mandé la foto de los platos de churrasco en la terraza de mi casa y le puse "lunch with a friend :)". Sólo salían los platos. Dos platos. No había indicios de Lu y lo de "friend" puede ser confuso porque en inglés no tienen femenino y masculino para la palabra "amigo/a". ¿Creerá que yo estaba con un chico? No. No puede ser tan tonto de no escribirme desde el sábado sólo por pensar que estaba con un chico. O sea, era Luciana, pero imaginemos que estaba con un amigo hombre. ¿Qué pasa? Bueno, amigos hombres no tengo muchos la verdad, quizás no es creíble que sólo fuera amigo. Lo de "friend" es confuso. ¡Mierda!... Ay, llamame y te cuento todo, que estábamos con Lu hablando de boludeces... ¡De vos! De vos hablábamos. ¿Ves? No estabas, pero estabas en mi pensamiento. Además no había signos de una mujer, pero tampoco de un hombre...

¿Qué estás haciendo tan importante que no me podés escribir? ¿Y qué estuviste haciendo desde el sábado? ¿Eh? ¡¿Ehhh?! Además veo que te conectaste a WhatsApp y que te llegó mi foto. ¿Por qué? ¡¿Por qué no me escribís?! ¿Qué hice yo? ¿Qué hice para que me castigues así? Sólo te correspondí con algo de mi atención, con mi foto del churrasco. ¡Que era mucho mejor que las tuyas! No hace falta ser un cheff para untar con mermelada unas tostadas, ni para cortar cuatro lechugas, nueces y queso, y meterlo en un bol; en cambio para darle ese puntito a la carne un poco sí... Si me escribís te digo cómo lo hago.

¿Qué tiene mi churrascazo con cebolla salteada y puré de calabaza que no hayan tenido sus platos? ¿Sabor? Y no me vengas con lo de no comer carne, que hasta una vaca salivaría al ver mi manjar. Hasta un pollo alimentado a pienso. Creéme que si a uno de estos bichos le ponés dos platitos, uno con pienso y otro con un buen chorizo criollo con chimichurri, o mi churrascazo, ¿sabés lo que hace con las semillas, no? Él puede ser todo lo vegetariano, vegano y macrobiótico que quiera, pero qué le importa si yo como carne o no. ¿Qué te importa si como carne o no? Sabés qué, no me llames, no me escribas, no quiero saber nada con alguien que le tiene fobia a la gente que disfruta comiendo carne. Sí, lo disfruto, segrego litros de saliva con el olorcito de la carne recién sellada. Es más, el ruidito que hace la ternera en contacto con la plancha ya me prepara para el placer. No me escribas.

¡Escribime!

¿Le habrá pasado algo? O sea, no es que yo quiera que le haya pasado algo, grave, o muy grave. Pero quizás tuvo un accidente. Quizás iba a escribirme hoy y de camino a la sala de ensayos le pasó algo trágico. ¡Lo habrán empujado a las vías del metro! ¡Ay no, por Dios, no! Eso sería muerte segura y horrible. Ahí, todo destripado y mutilado, con un brazo por acá y una pierna por allá, la sangre saltando en todas las direcciones... Ay no, eso no. Tanto no. Pero capaz que lo atropelló un coche. Un coche pequeño. Un

Smart. Estacionando. O sea, una fractura leve, pongamos. O un esguince. Está en el hospital con radiografías y estas cosas y por eso no me escribe. Podría ser... ¿Cómo puede ser que su desgracia me reconforte? Qué desgraciada soy yo. ¡O qué desgraciado él que no me escribe! Al final de cuentas, un esguince no te impide darle a la pantalla del móvil.

Ahora que lo pienso, en la foto que le mandé salía también esa gorra pulgosa de baseball de Luciana. ¡No! ¡No! ¡Nooooooo! ¡Hombre! ¡Eso se puede interpretar como que estaba con un hombre! Va a pensar que estaba con un chico. ¡Mierda! Debe ser por eso que no me escribe. Creerá que lo engañé y si piensa eso, pensará que le mentí siempre y en todo. En todo lo que le dije.

Sobre mis gustos musicales, quizás piense que tengo una cuenta paralela en iTunes en la que almaceno la discografía completa de Britney, Pitbull, y Taylor Swift. ¡No! Te juro que no. Y esa vez que me enganchaste tarareando "Rabiosa" fue porque se me pegó de Luciana que se pasa todo el día escuchando a Shakira. También podría pensar que le mentí respecto de mi trabajo. Ay, ¿y si pensara que soy en realidad barrendera o pescadera del mercado, de esas que andan a los gritos? O la del puesto de las tangas, —que no tengo nada en contra de las barrenderas, ni de las pescaderas, ni de las de los puestos de las tangas, de verdad, de hecho mi mamá a veces se compra calzones, no tangas, en el mercadillo de su pueblo y dice que son de buena calidad—. Quizás cree que le mentí sobre mi familia también, o que ni tengo familia, que en realidad soy huérfana o algo así... —que no pasa nada con los huérfanos tampoco, pobrecitos, pero la verdad es que vendrán bien traumados, y esos mambos son jodidos de llevar en una pareja—. Quizás piensa que soy una mentirosa compulsiva o una psicópata, que estoy en tratamiento, empastillada todo el día... No. A ver, un chico que es tan paranoico por una gorra de nada, no me puede interesar. Ni debería pensar en él. No voy a pensar en nada. Y si no pienso, seguro que me escribe.

¿Y qué hizo este pibe el sábado a la noche que no me escribió? A ver, no hace falta que quedemos el sábado a la noche, yo también hago mis planes con mis amigas y no me gusta la idea de que él esté siempre en el medio, pero podría haberme escrito un mensaje. ¡Podrías haberme es-crito un mensaje! Seguro que el muy cabrón estuvo con otra y como le carcome la consciencia no me escribe. Es por eso, no hay otra razón posible. Qué hijo de puta, estuvo con otra. Estuviste con otra y yo como una tarada pensando en vos hasta hoy. ¡¿Con otra?! ¿Vos? Pará, ni que fueras un rockstar... No me merecés.

A lo mejor él también podría pensar que yo estuve con alguien el sábado a la noche y por eso no le escribí. Ahora que me acuerdo, Belén posteó una foto en Instagram y me etiquetó. Pero a ver, está claro que no me voy a quedar encerrada en mi casa si él no me invita a tomar algo, ¿no?

Mierda, en la foto salían unos amigos de Belén. Dos. Ella, yo y dos chicos. Mierda. ¿Pensará que yo estaba con uno de ellos?, ¿con el que me abrazaba? No, el chico sólo tenía su mano en mi hombro. Hombro, no cintura. Le escribo y se lo aclaro por si tiene dudas. No, eso es re de cola de paja.

Le escribo y no le digo nada de los chicos, ni del sábado, en plan casual, y así no piensa que estuve con otro. ¡No! Peor aún, estábamos de fiesta en Sutton, con esa música tan comercial. Yo le dije que odiaba esos lugares, que siempre iba a bares u otro tipo de locales con música más alternativa. Va a pensar que soy una mentirosa y no me va a escribir más.

¡Fuera! Fuera paranoias, por favor. Quizás sí que me contestó y no me llegó su mensaje, o a él no le llegó el mío. También podría ser. Se han dado casos en los que hay fallos en la tecnología móvil. Yo puedo estar viendo que le llegó mi foto del churrasco, pero en realidad no, ¿no? Podría preguntarle al informático si es factible. No, eso me va a dejar como looser total. Mejor me voy a buscar un café a la máquina. O una tila. A ver si me encuentro a la Paqui o al Manolo y me entretienen un rato.

Mano en hombro no significa nada...
¡Las revistas tienen razón! ¡Vuelven solos! ¡Me escribió! No estuvo con otra, ¡me quiere a mí! A ver qué dice... "How are you bonita. Me dejé el móvil en un local el sábado.

Lo siento que no te pude contestar, de verdad. K buena la foto del bistec. Yo fui a una bbq y comí muchas burgers con ketchup, otro día te vienes :) Cuando ns vemos? K haces hoy? Sorry again. Xx". Bien que no seas vegetariano, puntito a favor, pero no comparemos las hamburguesas con los churrascos, ni el ketchup con el chimichurri, por el amor de Dios. Y ok a las faltas de ortografía si tu lengua materna es otra, pero escribir "que" con k es sacrilegio, de última poné una "q", sin más, que tardás lo mismo. Ay, no sé si puedo quedar hoy. ¿Medio arrastrado no? Dos veces me pidió disculpas y no tenía el móvil con él, no te tenés que disculpar tanto... Creo que le voy a contestar más tarde, o ahora... Ayyy... no sé si me gusta tanto... ¿Le escribo o no le escribo?

Capítulo 5
Amores yoyó

Publicado por Azul/Miércoles 3 de septiembre

"Los **rollos** están para que te enrolles con ellos, y **no** para que te enrosques **sola**."

(Azul, pensadora contemporánea)

Mi historia detrás de esta afirmación

Lo suelto. Vuelve. Lo suelto. Vuelve. Lo suelto. ¿Vuelve? Se quedó a mitad de camino. Le doy un toquecito más fuerte. Ahí viene otra vez. Parece que lo tengo por la mano.

Voy a probar alguna figura nueva antes de traerlo de vuelta. ¡Uy! Se me hizo un nudo.

Mi historia con Matt es un claro ejemplo de estas relaciones. Desde el día en que nos conocimos, las dos partes y a partes iguales, nos hemos alejado sin culpas y vuelto sin complejos cual yoyó, —aunque comenzamos con otro tipo de pasatiempos menos infantiles—. ¿Pero quién se entretendría más antes de volver? ¿Y a quién se le anudarían más las emociones con los vaivenes? Poco tardaría en descubrir la obviedad de las respuestas.

Conocí a Matt en el cumpleaños de un amigo de una amiga de Camila. Cuando llegamos al ático del cumpleañero, como suele pasar en los lugares en los que se cuela Camila, no nos conocía nadie, así que llamamos la atención enseguida, por eso y porque nuestros cabellos no eran de la gama rubia de todos los guiris presentes. En esa fiesta, la gente no bailaba alborotada; algunos hablaban tranquilos y otros se entretenían con un juego de cartas en una mesa que estaba en el medio del espacioso loft. Al no encontrar a la amiga de Camila, la incomodidad iba en aumento así que nos pusimos en la barra de la cocina a preparar vermuts con lo que habíamos llevado; a ver si así rompíamos ese hielo nórdico.

Al momento se nos acercó un chico de estatura sueca y espalda amplia que, pese a su expresión estrecha, me sacó una gran sonrisa. Le di el primer aperitivo rematado con una cáscara de naranja en espiral y, antes de que pudiera decirle nada, Camila hizo un comentario desafortunado, de esos que ella bien sabe hacer.

—Disculpá, ¿conocés al cumpleañero? Parece que nadie se divierte acá. Podríamos decirle que cambie la música.

—Me llamo Azul —Intenté tapar a mi amiga, extendí la mano, le dije quién nos había invitado y le pregunté su nombre mientras seguía con la preparación de los vermuts.

—Yo soy Matt, el cumpleañero de gusto musical aburrido —Se rió.

—¡Feliz cumpleaños! —dijimos al unísono.

Mientras yo hacía lo imposible por no lagrimear al saltarme una chorro de naranja al ojo, Camila, nerviosa, volcaba Coca-cola por todos lados.

—La música no está tan mal, quizás es que falta que llegue algo más de gente, ¿no? —Camila limpiaba la gaseosa de la mesada, pero no nuestra imagen.

Matt se rió, nos dijo que no faltaba mucha gente por llegar, nos invitó a seguir sintiéndonos como en nuestra casa y se sentó en la mesa donde se jugaba a las cartas. Yo busqué una ventana desde mi posición, miré al cielo, y le pedí a Dios que mi amiga se atragantara con un cubito de hielo la próxima vez que fuera a desubicarse así.

"Todo tuyo", me dijo Camila convencida y acertada de que me gustaba, mientras observábamos a Matt jugar al póker. Físicamente, se correspondía exactamente con el tipo de chico que me atraía. Para mí, la prueba de fuego era que fuera capaz de alzarme sin ningún tipo de esfuerzo, y no hacía falta poner a prueba al sueco.

Cuando ya eran las dos de la madrugada, uno de los jugadores dijo que era un buen momento para volver a casa. Yo veía que Matt no era muy desenvuelto, pese a ser el anfitrión, así que aproveché esa oportunidad para acercarme a él.

Hacía mucho que no tocaba una baraja francesa, y me dio algo de vergüenza no acordarme de algunas reglas. Pero en la primera mano ya se me vinieron todas las combinaciones a la mente y lo aplasté en casi todos nuestros cara a cara. Camila, mientras tanto, se encaraba a un amigo de Matt, sentado a mi lado. Sólo esperaba que el sueco no me juzgara a mí por el comportamiento de mi amiga... Y no lo hizo. Tuve suerte en el juego y en el amor.

Cuando al fin se fueron todos, Matt y yo descubrimos que, tanto sobre la mesa como sobre todas las superficies mobiliarias de su loft, los dos teníamos buenas manos, y aunque él se hizo prontamente con la primera partida, no hubo objeción a revanchas, en las que ambos acabamos ganando.

Las semanas pasaron y nuestros encuentros, como habría presagiado el póker, estaban libres de toda expresión de sentimientos. Así fue como los mensajes se espaciaron en el tiempo cada vez más. Y aunque yo sé que una señorita debería jugar siempre a las damas, todo devino en un vergonzoso tiro al blanco de diana imposible que duró gran parte del verano. Así lo recuerdo:

Bala #1 (un sábado)

Yo no le pensaba escribir si él no lo hacía. Además, de qué hablar si nuestras citas tampoco nos movían mucho de su cama o la mía... pero que conste que yo lo intenté.

El día anterior por la tarde, le escribí para decirle que estaba con unos amigos en las fiestas de Gràcia viendo una banda de rock en la calle, y si se quería venir. De su respuesta, una suma de caracteres que no decían nada, sólo me quedó claro que estaba de resaca o aún borracho. ¿Pero por qué intentaba cambiar esta tendencia de nocturnidad con Matt? ¿Habría estado con alguien la noche anterior? Y a mí qué me importaba...

Ya a la noche, en nuestro bar habitual del Raval, le contaba a Sophie mis inquietudes y va y me suelta una de sus máximas que te hacen sentir mínima...

—Cuando conoces a un chicó y tus primeras tres salidas son por la noche, olvídaté. No hay manera de que puedas hacerg planes por el día con él jamás —dijo, puso su mano sobre la mía, tomó un sorbo de su copa de vino tinto y tan tranquila se quejó de su mal sabor, como si no hubiera dicho nada que pudiera afectarme.

En ese momento, deseé que en su lugar estuviera Luciana diciéndome que él ya me escribiría al rato, y que no pensara tanto, sin moraleja ni reflexión, que para ese tipo de torturas analíticas ya estaba yo. Pero ni al rato, ni a la hora, ni jamás. Le puse un like en su última foto de Instagram en plan "acá estoy"—patético, lo sé—, y me devolvió el like en una foto mía. "Grrrrr".

Bala #2 (sábado siguiente)

Una semana entera sin noticias suyas. Ya me estaba empezando a molestar hasta que ¡tiritín! Me llega un mensaje cuando estábamos con Belén y Luciana en el bar de abajo de mi casa. ¡Ajá! Al final viene a mí. Miro el móvil y...

Matt: —What's up? Q haces esta noche?

¿Ya está? No digo que esperara muchos adornos, yo soy simple. Pero, ¿ni un "guapa" le pensaba agregar? ¿Y a las doce de la noche? Por suerte no estaba la francesa para decir nada al respecto. ¿Y qué se contesta a eso? ¿Y para qué decirle algo en ese momento si la noche aún era joven? ¡Y el joven que acababa de entrar al bar estaba bárbaro!

Chau Matt. Hola...

—Hola. Borja —El joven bárbaro se presentó apoyando su mano en el caballito de su camisa blanca— y Miguel —señaló a su amigo de look clásico también, guapo, sólo era un poco más bajo y delgado. "Para Belén", pensé. A ver si se olvidaba de Santiago, que parecía que él de ella esa noche, ya lo había hecho. Después de presentarnos, los chicos se sentaron con nosotras. Dos madrileños en Barcelona por negocios durante un par de semanas, nos dijeron luego. Perfecto. Borja, además de guapo, era caballero, cualidad que Matt no tenía. Además con una pronta fecha de partida podíamos jugar a los novios sin miedo a sentir que agobiábamos al otro, cosa que con Matt tampoco podía hacer. No sé cómo sucede, pero todo se condensa cuando sabés que tenés poco tiempo. Salvo que tengas sólo una noche para compartir, entonces las emociones pueden concentrarse tanto que de verdad, no conviene...

Bala #3 (sábado siguiente)

Con Belén, Borja y su amigo, fuimos a la Fiesta Mayor de Vilafranca, ya que mi hermano se estrenaba como casteller ese día —"donde fueres haz lo que vieres", habrá pensado él cuando empezó a hacer esas torres humanas—. Yo seguí el consejo de Sophie sobre eso de no quedar sólo de noche, aunque no me interesaba tener una relación a distancia. En cualquier caso, me serviría como experimento.

Y ahí estaba yo, en la Plaza de la Vila repleta de gente estirando el cuello para poder ver algo, cuando el sonido de mi móvil me abstrajo del espectáculo. ¡¿Matt?! Pero si todavía no había salido la luna. ¿Qué hacía preguntándome "cómo estás, guapa"? ¿Y qué hacía yo tan lejos de Barcelona y con Borja? Me contuve para no contestarle "con ganas de besos tuyos" y, mientras pensaba qué decirle, el madrileño me alzó en sus hombros. ¡Y ahí estaba mi hermano!

Entre los castillos, las butifarras, mis besos con mi madrileño, los de Belén con el suyo —¡aleluya!—, los planes que habíamos hecho para el día siguiente, y que yo también me quería hacer la importante, le mentí súper tarde a Matt y le dije que estaría fuera de Barcelona unos días. Al final de cuentas era sábado. Quizás sólo me escribía temprano por que había aprendido que a última hora yo no respondía...

Bala #4 (viernes del siguiente finde)

Borja ya se había vuelto a Madrid con el desenlace obvio, nos veríamos aquí o allí "pronto".

Así que ya sin galán desde hacía un par de días, ese viernes a la noche salí con Belén y Luciana. Era una de esas noches en las que no sabés por qué todas aparecen malhumoradas. A falta de otro entretenimiento mirábamos nuestros móviles. Aburrimiento, copas y móvil es la combinación más peligrosa de toda single. Al día siguiente más de una se arrepentiría de lo que había estado haciendo con su teléfono.

—Chicas, ¿qué me dicen?, ¿le escribo a Matt a ver en qué anda?

—No seas patética —Belén se hizo cargo de la situación.

A la una de la madrugada, lo fui. Qué decadente. Mientras mi dedo soltaba el botoncito de "enviar" rogué para que alguien usara la próxima bala para pegarme un tiro a mí, y cuando vi que él no me contestaba hasta el día siguiente, para que se lo pegaran a él. Pero no pasó.

Ah, el tedio se cobró otra víctima ese viernes. Belén escribió que ella también lo había pasado muy bien en Vilafranca, pero a Santiago. Tampoco recibió respuesta, y al igual que yo, quiso morir y matar.

A Lu la salvó no tener ni un amante a quien contactar, porque ella, con un móvil en una mano y una copa en la otra, es más peligrosa que un mono haciendo malabares con granadas activadas en un campo minado.

Bala # 5 (jueves siguiente)

Esa tarde entré al Facebook y subí una foto nueva en la que salía divina para llamar la atención de Matt. ¡Y veo que una furcia lo había etiquetado en una foto en el parque del Tibidabo! ¡Y era de día! ¡En las sillas voladoras! Volarle la cabeza era lo que quería hacer yo. Lo odié. Me puse a investigar un poco en sus redes sociales mientras la ira crecía en mí. Era la prima. Igual lo odié. ¡No me escribió en toda la semana! Y fijo que el viernes pasado había estado con alguna zorra. Si no, ¿por qué no me había contestado hasta el sábado a la noche y sólo para decirme que ya tenía planes?

Esa misma tarde recibí un mensaje de Borja preguntándome cómo estaba. Definitivamente debería emplear la táctica de Sophie. Lástima que lo hubiera aprendido un poco tarde y con alguien que no me interesaba tanto. Pero, ¿y si se equivocaba? ¿Y si aún había posibilidades con el sueco? Camila me sugirió que lo intentara un poco más. Siempre me resulta más fácil seguir el consejo de cualquiera que no sea Sophie.

Bala #6 (al otro día, viernes)

No. No le pensaba responder ese mensaje ¡¿Qué se creía escribiéndome a las dos de la madrugada?!

Estábamos con las chicas en George Payne, un pub irlandés de Plaza Urquinaona, probando puntería, cuando me llegó su mensaje. Me imaginé su cara en el tablero de dardos pero, aunque miraba fijamente el centro de la diana y le daba con una fuerza descomunal, los clavaba todos en la pared granate.

—¿Garcha bien, no? Ya está. Usalo para lo que es bueno. Quedá con él, sacate las ganas y dejate de joder, nena —Camila era así de práctica.

—O jódetelo pero bien —agregó Belén.

—Me siento un poco "putis" quedando con él en estos términos, la verdad... —dije y casi hago blanco en un camarero.

—Tía, necesitas follar pero ya. Dame esos dardos que vas a matar a alguien —Belén me extendió su mano.

—No quedes hoy con él si te sentirás mal mañaná —me aconsejó Sophie y esta vez le hice caso a la primera.

Seguí recibiendo mensajes de Matt hasta las cuatro de la madrugada y una llamada a las cinco. Finalmente un mensaje a las cuatro de la tarde del día siguiente pidiéndome disculpas por su insistencia etílica.

Lo de la noche anterior para mí era una falta de respeto. Pero aún así, ¿por qué tenía ganas de verlo? ¡¿Por quééé?!

Bala #7 (sábado de la siguiente semana)

¿Diana?

Luciana, Camila, Sophie, Belén y yo estábamos en el Marsella, el bar del Raval. Las arañas, las paredes cuarteadas y los espejos casi translúcidos no compartían su encanto con los hombres que entraban. Miré mi móvil y vi que Matt había hecho check in en un local que estaba cerca. Hacía tiempo que no hablábamos más de cuatro líneas y más de cuatro semanas que no nos veíamos, pero aunque no hubiera nada que aclarar, porque no éramos nada, yo no podía dejar que se esfumara todo sin más. Como el panorama en ese bar no era alentador ni con la absenta que nos tomamos, no me costó convencer a las chicas de cambiar de sitio.

Entramos en el pequeñísimo Manchester, teñido de rojo por la iluminación y, efectivamente, Matt estaba ahí. Como quien no quiere la cosa, lo saludé y su grupo y el mío se hicieron uno, pero yo sentía que mi presencia le resultaba impuesta, quizás fueran paranoias mías, o no... En cualquier caso, ahogué mi incomodidad en cuatro copas de vino blanco —ni una por cortesía suya—; él, no sé si porque necesitaba alcohol para soltarse, por borracho, o por ambas, hizo lo mismo con gin tonics, y terminamos a los besos sin preocupaciones.

—¿Y eso? —le pregunté señalando un pañuelo rojo a pintitas blancas que llevaba como cinturón. Caí tarde en ese detalle que se camuflaba con la iluminación del lugar.

—De ese finde que estuviste fuera de Barcelona. Fui a las fiestas de Vilafranca, te escribí para quedar, como no pude ir a las de Gràcia ese día...

—Sí, bueno, estuve en la Costa Brava con las chicas... —Sólo pude mentir y fingir una sonrisa.

Primero me arrepentí de no haberle contestado ese día, pero después pensé que, si me lo estaba contando, sería porque sus intenciones de quedar conmigo alguna tarde seguirían intactas. "¡Sí! ¡¿Pero por qué me alegro tanto?!"—me preguntaba— "¡Si sólo es Matt! ¡Mi chico yoyó! ¡Ay, le gusto!"

Ya estaban todas las balas quemadas y creí que había dado en el blanco con ese último tiro yendo al bar donde estaba él. Pero el exceso de copas produjo más tarde en su casa un inevitable gatillazo que no fue ni de lejos lo peor de ese encuentro. No.

Al día siguiente, por la mañana, mientras me lavaba los dientes con su pasta dental y mi índice derecho, vi en el suelo de su baño unos clips de pelo. Lo odié. Me gustó... Lo volví a odiar.

Pensamientos, deseos y sentimientos se hicieron una gran maraña que me costaba deshacer. Quizás no había sido sólo el alcohol. Quizás la mejor reserva de besos, abrazos y la testosterona habían sido agotadas por alguien mejor que yo. Quizás estaba ahí sólo porque yo quería y no él. Quizás yo quería estar más con él, que él conmigo. Quizás yéndome de su casa a toda prisa pudiera dejar ahí encerradas todas mis inseguridades y el cartel de "looser" que se me dibujó en la frente al mirarme en el espejo de su baño.

—¿Ya te vas? Podríamos quedar en estos días y ver una peli... —me djo con su mano en mi hombro.

—Sí. Claro. Hablamos —respondí, y me fui a toda prisa con la cabeza y el corazón hechos un lío.

Cinco pisos de ascensor bastaron para darme cuenta de que las relaciones yoyó terminan siempre en enredos. Que, como el disquito ese que gira por la cuerda, Matt no iba a volver cada vez que lo soltara. Que tanto él como yo, podíamos encontrar algo a mitad camino que nos entretuviera más o mejor, olvidándonos del otro y su posible dolor. Que él podía un día no volver. Que la incertidumbre se anudaba en mi garganta y tiraba con fuerza. Que inevitablemente las reglas eran parejas para los dos. Y que cada uno decidía si jugar, o no.

Capítulo 6
San Valentín-Parte I

¿Lo quiero o no lo quiero...?

Me desperté abrazada a la almohada, con la frazada hasta los ojos y rodeada de envoltorios de barritas. Pese al frío invernal, tras las cortinas de mi ventana se intuía un sol tan brillante que me sacó una sonrisa. El reloj en mi mesa de noche me anunciaba que eran sólo las diez de la madrugada, así que decidí dar un par de vueltas más antes de levantarme, pero ya al primer giro para esconderme de la luz se me paró el corazón: Jimmy.

Recordé los mensajes que me había escrito la noche anterior y los releí pausadamente. ¿Qué se contestaba a eso? "Sí, estoy bien". "Más bonito sos vos". "Cierto, hace tantísimo tiempo que no nos vemos, por qué será...". "Sí, claro que me gustaría repetir la salida al Parque del Tibidabo algún día, cómo olvidarlo..." "Y no, para hoy a la noche no tengo planes, ni los quiero". "Bueno, sí que los quiero, y con vos, pero basta".

Pufff... cómo podía tener ganas de volver a estar con alguien que me lo hizo pasar tan mal. Y tan bien...

Jimmy fue mi único casi novio desde que lo dejé con mi ex. No salimos mucho tiempo, ni había un pacto de fidelidad y permanencia, simplemente las cosas se iban sucediendo. Hablábamos casi cada día e íbamos a cenar los fines de semana. Además, recuerdo su insistencia en que fuera con él alguna vez a Londres, su ciudad natal. Me hablaba de su familia y se interesaba por la mía. Por otro lado, estaba su forma de hacerme el amor, tan dulce, tan mimoso... Ay, Jimmy... cómo no iba a pensar que me querías... ¿Por qué tuve que ver lo que vi? O más bien, ¿por qué hiciste lo que hiciste? ¿Por qué te dije lo que te dije? ¿Y por qué callaste y huiste?

Nunca le pedí que volviera, ni eché la vista atrás; más bien sufrí la pérdida a espaldas de Jimmy y de cara a mis amigas. ¡Cómo aguantaron ellas mis penas! Las emociones eran tales que me resultó imposible contenerlas y al fin pude llorar abiertamente. No me volvería a pasar, pensé. La nostalgia de eso que no fue hacía presión en mi lagrimal, pero mi orgullo retenía la gota con todas sus fuerzas.

Sonó la alarma de las once y me levanté de un salto. No quería pensar. Tenía que decirle algo. ¿Pero qué? Sola no podría resolverlo, así que acudí al chat del grupo mientas me hacía unos mates.

Azul: —Chicas, quiero contestarle a Jimmy y no sé qué... ¿les envío la captura de sus mensajes?

Belén: —Ya estás tardando...

Sophie: —Espera. Nos vemos mejor. Reunión de emergencia. En tu casa?

Camila: —Sí, en la de Azul está bien

Luciana: —Vale! Puedo llevarme a Klaus? (emoticono ojos de corazón y Papá Noel)

Belén: —No!!! (emoticono de cuchillos)

Yo no estaba para enfrentamientos, así que agradecí su determinación.

A las doce, ya las tenía en casa a casi todas. No me dio tiempo ni de ducharme ni de cambiarme el pijama a cuadros rosas de franela. Ni tiempo, ni ganas; era suavecito, siempre me hacía cucharita, y, aunque nos distanciáramos una temporada, él esperaba pacientemente a que fuera mi momento para volver. Él sí que me quería.

Para mi sorpresa, Camila fue la primera en llegar y con croissants de chocolate blanco, mis preferidos; se los agradecí y no pude decirle nada más, ni ella me lo preguntó. En el salón de mi casa, me abrazó y yo lloré con el alma, como hacía tiempo no lo hacía. Estábamos en el lugar perfecto para liberar emociones en compañía: en los escasos metros cuadrados de mi piso, tengo una chaise longue beige que hace de diván grupal, una mesa de centro en la que caben muchas tazas y dulces consuelos, un sistema de audio nuevo para poner canciones sufridas y un ventanal que da a la terraza y cielo abierto, así las energías se liberan pronto, o al menos así lo siento yo, que cada vez que estoy medio rara abro la ventana para que el aire se lleve todo lo malo.

A los cinco minutos, ya estaba seca de lágrimas, pero en cuanto llegaron Belén y Sophie y les mostré los mensajes de Jimmy, me volvió a dar la congoja congénita de esta historia.

—Es un imbécil, tía. ¿A dónde va con eso de llevarte a la noria del Tibidabo y comprarte un algodón de azúcar? Este tío es gilipollas —Belén le transmitía su indignación a no sé qué cosas que se le caían en mi cocina.

—Yo quiergó un té, Belén —gritó Sophie acurrucada en el sofá y siguió—. Al decirgle que tu ex nunca te llevó a un sitio así, le mostraste tu punto débil. Y no quiergo ofendergté, pergo quizás sólo quierga no estar solo ese día, porgque sus amigos estargán en pareja o con planes... —Cuanto más nerviosa se ponía la francesa, más le costaba la "r".

Quizás me había escrito porque yo lo había contactado primero, diez días atrás, con la excusa de que me quería comprar una guitarra, para que me diera consejo... pero eso no se lo podía decir a mis amigas.

—Sí, no sé, apareció de la nada... —Levanté los hombros para darme veracidad.

—Lo de la noria es chantaje emocional, Azul —Sólo supe que era Camila la que hablaba por su voz, ya que se había hecho un burka con la manta y temblaba de frío.

—Ay, pero le quiero contestar...

—Venga, cámbiate que nos vamos a tomar un café abajo. Ya te revisé todo y no tienes nada más que esos hierbajos raros que tú tomas. Y lávate la cara con agua fría, a ver si se te deshinchan los ojos —Belén me agarró de la mano para que me levantara, convencida de que el frío de la calle enfriaría también mis emociones y se me iría la idea de responderle al inglés, pero yo no tenía la misma convicción que ella...

Divinas palabras

Pese al sol radiante, el frío y el viento nos obligaban a estar abrigadas hasta las orejas como Camila. A la vuelta de casa, sobre el Paseo del Born, me sorprendió la presencia de una adivina a la que jamás había visto por el barrio. Estaba sentada en un banco del paseo. Su edad avanzada, la verruga a un lado la nariz, sus deshechos rizos azabache, el pañuelo lleno de monedidas a juego con otro que llevaba en la cintura, la falda a jirones, y pendientes tamaño XXL, daban constancia de sus artes adivinatorias. Yo nunca fui de brujas, esa era más bien Luciana —que por cierto, ¿dónde estaba?— pero hay momentos en los que una acude a lo que sea con tal de obtener una respuesta.

Era obvio que quería acercarme a la gitana. Belén encendió un cigarrillo y me lanzó una mirada asesina, Sophie se resignó a lo que iba a pasar y a Camila pareció entusiasmarle la idea. La señora que se había percatado de mi debilidad haría unos treinta metros, me atrajo con cada uno de los dedos de sus dos manos arremolinándolos hacia sí. No le hizo falta ni una palabra para convencerme. Me esperó impasible desde donde estaba, sosteniéndome la mirada.

—Mal de amores, guapa... —me sentenció y me extendió su mano derecha.

Yo me senté a su lado y posé la mía sobre la suya, obediente.

—¿Cómo cree que acabaré el día de hoy? —Le abrí bien los dedos y le acerqué mi palma a la cara.

—Uhhh... —Me examinaba la mano con los ojos desorbitados y recorría las líneas con la larga y despintada uña de su índice—. Las segundas oportunidades llegan hasta con las relaciones más impensadas. Debes escarbar en tu alma y soltar tus emociones. Déjate sentir de una vez —la bruja resolvió mis dilemas con una frase y una mirada penetrante—. Son diez euros. Otra pregunta, otros diez —terminó.

Pensé en el único billete marrón que tenía en el bolsillo y que ya me había dicho suficiente. Le di el dinero y ella me dio una piedra azul. "Para la buena suerte", me dijo. Al instante se olvidó de mí y tomó la mano de Camila.

—Ese anillo de Venus está muy marcado. ¿Sabes lo que significa? —le dijo recorriendo con la uña la parte superior de su palma.

—Ya lo buscaremos en Google, gracias —dijo Belén agarrando de la mano a Camila antes de que cayera ella también. Me di vuelta y vi que la vidente murmuraba algo con mala cara señalando a la catalana y con sus manos hacía un gesto como de cortar algo. Le sugerí que le pidiera disculpas por la impertinencia, pero siguió caminando. Más adelante me daría cuenta de que la gitana le había hecho un gran favor.

Necesito amar

Ya dentro de Lolita Bakery, en la mesa del fondo, toda mi atención estaba puesta en mi piedra azul. Mientras mi café con leche se enfriaba, la frotaba con el pulgar y la miraba como si fuera una bola de cristal, a ver si me daba algún detalle más. El escenario vintage de la pastelería me volvía más romántica, si cabía. Belén meneaba su cortado sin nada; Camila removía su rooibos con una mano y cortaba su cupcake de dulce de leche con la otra; y Sophie le agregaba medio sobre de sacarina a su café suizo y miraba con veneración a la camarera que llegaba con su trozo de tarta de zanahorias. Las tres me miraban sorprendidas, supongo que por mi inusual inapetencia.

—Me reservo espacio para más tarde, parece que acabaré comiendo perdices con Jimmy, ¿no? Sólo tengo que ser menos hermética con mis sentimientos esta vez. No es que yo tuviera en mente salir con alguien en plan formal, pero la verdad es que él me gusta... —Quité mi mirada de la piedra y me dirigí a las chicas de forma burlesca, pero la verdad es que quería creerle a la vidente y también que alguna de estas descreídas me apoyara en lo de contestarle al inglés, así que seguí con mi discurso—. También está lo de esta gema de la suerte. Azul como yo, y eso que no le dije mi nombre... —Insistía. Algo había cambiado en mí tras la visita a la bruja. O tras la terrible noche pasada. O no sé cuándo, pero de repente quería amar. Necesitaba amar.

—Azul, eso un trozo de vidrio de los chinos —la mala onda de Belén me bajó el entusiasmo de un hondazo.

—Mi lectura de su lectura de mi mano, es que le tengo que responder, entonces seremos felices y comeremos...

—Espíritu de Luciana, deja el cuerpo de Azul... —Camila cerraba los ojos y nos agarraba de las manos a mí y a Sophie como si de un rito espiritual se tratara.

Ni quería pensar en Luciana que no estaba. Me imaginaba que las chicas le estarían escribiendo para que viniera, pero seguro que ella pasaba del tema y seguía con Klaus... ¡De una reunión de emergencia no se pasa, ese tema ya estaba hablado! Intenté apartar mis pensamientos sobre ella, ya tenía bastante con la bruja de la calle... y con las que tenía a mi lado.

—Timan a la gente, Azul. Entiendo que te resulte divertido lo de consultarle, pero yo no le haría mucho caso. Ahora en lo de escuchar a tu corazón... la decisión es muy personal —ya tenía a Camila en mi bando.

—También podrías interpretarló como que deberías dejarte sentir más y retomarg tu blog, por ejemplo... —La idea de Sophie no era tan divertida.

Cuando me separé, abrí un blog en el que volcaba mis experiencias con el género masculino; analizaba emociones y experiencias a fin de conocerme un poco más. Pero hacía unos meses que ya no escribía. Estaba claro que lo de la gitana nada tenía que ver con esto. Si la confitería estaba tan cerca de mi casa, y me topé en ese corto camino con una vidente que jamás había estado ahí, tenía que ser porque lo que tuviera que decirme tendría un significado fundamental para mí ese mismo día. Me guardé la piedra de la suerte en el bolsillo de la chaqueta, cerré la cremallera para que no se me perdiera y desvié la conversación.

—Bueno, ¿y qué de Santiago? No te veo con el móvil en la mano actualizando el WhatsApp como ayer...

Cuando todas miraban a Belén, delegué la responsabilidad de posibles decepciones con Jimmy a la vidente, y le intenté contestar por debajo del mantel. Pero me puse tan nerviosa que casi tiro todas las tazas de un golpe cuando quise esconder el móvil debajo de la mesa, así que frené el intento. Ya tendría tiempo en casa.

Belén no quiere ver

Belén nos contó que su rollo le había escrito más temprano esa mañana diciéndole de verse "en principio" pero que le confirmaría luego. Eso es algo que nunca voy a entender ni tolerar, para mí es "sí" o "no". Tenés ganas, o no tenés. ¿"En principio" qué significa? "Te digo de vernos, pero si a la hora pactada me surge cualquier otra cosa tan relevante como regar las plantas no asistiré", o más bien "te digo que sí para que no me molestes, pero ya te cancelaré con alguna excusa". No compartí mi punto de vista sobre ese término. Ni yo ni ninguna le dijimos nada porque su mirada nos pedía indulgencia.

Belén sabía de sobras nuestra opinión sobre su relación y unilateral fidelidad: exceptuando algún desliz tonto de coqueteo que no pasaba de besitos, mientras por la cama de Santiago pasaba media Barcelona. Lo peor es que trabajaban en bares enfrentados, en la calle Verdi, pero con horarios cruzados —Belén era camarera en un cafetería diurna y él en un bar de copas. La diferencia de horarios le daba a Santiago más libertad para hacer de las suyas.

Este tipo de relación sentimental se parecía a la laboral. Hacía cuatro años que trabajaba en la misma cafetería y nunca la ascendieron ni a encargada de turno aunque cada año le decían que "en principio" tenían pensado subir los sueldos pero que, por una cosa u otra, no podían. Ella se hacía la que les creía; algunas veces se quejaba, aunque no demasiado, y otras decía que le gustaría trabajar en una oficina, aunque no sabía ni de qué. En cualquier caso, el tema no era ese, sino que no hacía nada por cambiar esa situación que la hacía infeliz. Pero todas esas cosas las intuimos sus amigas, porque ella no cuenta mucho, sólo cuando se siente entera comparte alguna emoción a medias.

Sophie no quiere escuchar

—¿Y Rogelio? —Ahora era la catalana la que desviaba la atención mientras le robaba un trozo de cupcake a Camila.

—¡Genial! Es divinoooo. Quedamos hoy para irg a una nave ocupa en el Poble Nou. ¡No me miren así! Suena un poco raro. ¡Pero tiene un estiló muy guay! Me ha enviado fotos —nos contaba Sophie acariciándose su melena rubia con ojos de soñadora.

—Machos y planes raros van de la mano con vos... ¿Éste es con el que quedaste varias veces el mes pasado? —le preguntó Camila mientras ordenaba una porción de selva negra, como si no hubiera comido cupcakes ni croissants en mi casa.

—No, a él sólo lo vi una vez, pero creo que me puede gustar... —dijo mientras se metía de un bocado lo que quedaba de su tarta.

—¿Por qué no le decís a tu compañero de trabajo de quedar, si sabés que él te gusta? Hace como un año que dan vueltas... —Ahora era yo la que le daba un consejo coherente pero incómodo.

—No, no... No le gusto...

No le dije que era hermosa y que seguro que él también lo pensaba sólo que sería igual de tímido que ella. No le dije nada. No es que tire la toalla tan rápido cuando se trata de mis amigas o que no me importe, es que ya llega un momento en el que no podés insistir más. Tenés que dejarlas ser y aceptarlas como son.

Luciana no quiere escribir

De la nada me sentí triste. ¿Y Luciana...? ¿Alguien sabía algo de ella? Yo lo que sabía era que era un momento muy complicado para mí y que ella no estaba. Hasta Camila había llegado pronto, y ella está con un nadie y me deja tirada en una situación como esta. Ni un mensaje fue capaz de escribirme. Inaceptable. Aunque pueda parecer extremista, me replanteé seriamente nuestra amistad. Salir y divertirse estaba bien, aunque también es cierto que me ha consolado otras veces que yo estuve mal, pero quizás lo había hecho porque tampoco tenía un plan mejor... ¿Y qué que estuvieran el resto de las chicas? Eso no era excusa, porque si todas hicieran lo mismo yo estaría sola en mi casa llorando y sin croissants de chocolate blanco que comer, ni bruja que me hubiera encontrado por la calle para decirme que tenía que quedar con Jimmy, ni nada de nada.

Lo que yo quiero

—Bueno chicas, las dejo que me tengo que ir al bar. Otra vez me toca pringar, por octavo fin de semana consecutivo... —Belén simuló pegarse un tiro y se fue.

—Mantenenos al tanto sobre lo de Santiago. ¡Suerte! —le dije, sabiendo que no nos diría nada.

Camila se preguntó en voz alta porque seguía en ese bar y yo no aporté nada. Si bien la relación que tiene Belén con el trabajo y la que tengo yo son bien distintas, desde que me separé estaba como un zombie en la agencia. Pasé de workaholic a loveaholic con un intervalo de no más de un mes. Las noches que hace años me pasaba en vela trabajando, ahora se me pasaban bajo las luces bajas de los bares de esta ciudad que no duerme mucho. No es que me emborrachara cada día, pero no paraba en casa, y mucho menos en la oficina, pasadas las siete de la tarde. Estaba harta de la agencia, pero había sido muy duro el desmoronamiento de un plan de vida junto a mi ex como para enfrentar un cambio de vocación ahora. Estaba perdida en este sentido. Quizás con alguien al lado fuera más fácil planificar un nuevo futuro... ¿Con Jimmy? Me reí por lo bajo de esta proyección tan absurda.

Ni bien me terminé mi café con leche, les dije a las chicas que me quería ir a casa. En realidad quería repasar el material del blog sobre los chicos que vienen y se van de nuestras vidas sin más, no por la teoría de Sophie, sino para ver si me aclaraba en esto de qué contestarle a Jimmy. Y porque quería releerlo...

—Chau, Azul —Ya en la calle Camila me dio dos besos y siguió—, ya te contaré sobre nuestro camarero. Mi camarero... —Y se alejó con Sophie.

Dejé que se fuera porque creí que Camila no tendría mucho que contar y porque tenía que escribirle a Jimmy y quedar con él. Quería hacerlo. Era mi destino.

Capítulo 7
Vuela, vuela

Borrador por Azul/Miércoles 28 de mayo

Con la cabeza en las nubes

Mis amigas y yo aprovechábamos uno de los primeros días de playa en Barcelona. Cuando el calor, la ausencia de brisa y el penetrante aroma a Hawaiian Tropic estaban a punto de adormecernos, Luciana avistó una avioneta. Sobrevolaba delante nuestro llevando una banderola decorada con corazones rojos y amarillos que decía: "Núria, siempre estaré a tu lado. Sergi."

—¡Miren chicas!, ¡miren! Qué belloooooooo... —dijo Lu señalando al cielo con la ilusión de quien se llamara Núria y fuera destinataria de esas palabras —¿encontraremos nosotras alguna vez a un Sergi?

—"Siempre" es un poco determinante, ¿no...? —se me frunció el ceño por el sol y por la fobia que me despertaba esa palabra.

Belén apenas miró hacia arriba, mientras Sophie, Camila y yo seguíamos la avioneta con la mirada.

—Luciana, a vos te pone tontita cualquier cosa... A las palabras se las lleva el viento, o un avión... —soltó Camila, mientras nos miraba y se acomodaba unas gafas de sol que ya estaban perfectamente colocadas.

—Veo que no superaste lo de Dan aún... —Los cachetes de Lu se tornaron de un colorado que desafiaba el poder de los rayos ultravioletas al ver cómo cambió la expresión de Camila, de súper superioridad a inferioridad infinita.

—Sí, igual, Luciana, está bien saber cuándo un amor ya se perdió en la distancia... —le contestó, concentradísima en quitarle hasta la última arruguita a su pareo.

Tras un silencio incómodo, nos abandonamos al efecto somnífero del sol otra vez, pero yo no podía quitar mis ojos de la avioneta, y mientras la miraba perderse en el cielo pensé que, aunque ese mensaje se desvaneciera ya entre las nubes, cientos de mariposas recorrerían el cuerpo de Núria.

Daba igual si era para siempre como prometía la banderola o no, sólo por ese momento y esa sensación merecía la pena. Ay... esas mariposas... pero el día estaba hermoso, así que antes de que me llovieran críticas a mí también, preferí guardarme la opinión para que mis amigas no pudieran atar cabos entre mis contradictorios discursos, mi romance con Moritz, y su extraño desenlace. Calladita y discreta, tiré un besito al cielo y me puse a recordar los distintos finales que tuvieron las historias de nuestros amantes ya embarcados al no retorno...

See you soon

El caso de Camila y Dan fue el menos feliz de todos. Nuestra amiga y Dan —artista yankee que vino para una exposición propia hace ocho años— se quedaron enamoradísimos después de compartir sólo un fin de semana de pasión. Lo único que vio el americano en Barcelona fueron sus propios lienzos y las sábanas de Camila, así que le prometió a nuestra Penélope volver pronto con la excusa de conocer un poco más la ciudad. Al igual que en la canción de Serrat, de los sauces se cayeron las hojas muchos otoños; pero a diferencia, el reloj de Camila no era infantil, sino bastante adulto y adúltero, así que tampoco es que lo haya esperado sentada. Lo que sí hizo, fue esculpirlo mentalmente a su imagen y semejanza y lo idealizó como hombre de su vida, hasta hace un par de meses, cuando se volvieron a ver en París, también por una exposición suya. Aunque ya la habíamos prevenido todas sobre las altas expectativas que tenía con un chico al que apenas conocía en persona, ella estaba aún tristemente sorprendida por el "extraño comportamiento" de Dan. Al parecer el chico le había pintado durante todo ese largo tiempo, con mensajes y video-llamadas, unos sentimientos diferentes a los que mostró en París, donde ignoró a mi amiga. Así, Camila se pasó tres días llorando por calles adoquinadas y compensando su angustia con crepes en cada puesto callejero. Pero ni el empalague con Nutella pudo quitarle el sabor amargo de esa experiencia; ni ese fin de semana, ni hasta el día de hoy.

Arrivederci

Luciana conoció a su tocayo italiano en Tarifa, Andalucía, el mes pasado. Recuerdo que Lu lo observó durante un rato desde la arena y, al ver que el chico estaba con sus padres, pensó en voz alta: "qué familiero, seguro que será buen padre. Un verdadero hombre sin dudas. Ahhh... bello y buen padre". Nuestra amiga siempre hacía profundas conjeturas con unos pocos datos visuales. Luego, lo siguió con la mirada mientras se metía en el mar. El gesto que la enamoró fue el de pasarse la mano por el pelo, peinándoselo con los dedos desde la frente hasta la nuca. "Y coqueto. Siempre estará guapo para mí. Además, debe de ser de los que limpian la casa y todo", siguió entre risas con sus hipótesis. Nosotras, aunque estábamos de sobra acostumbradas a estos comentarios, la escuchábamos negando con la cabeza. Al final, para que se callara, Belén la animó, a su manera, a que se metiera al mar y que le hablara:

—Lu, está de vacaciones con sus padres, debe estar muy aburrido. No puede no ligar contigo. Ahora, si aún así pasa de ti, suicídate.

Nuestra amiga poco tardó en llegar a la orilla y mirarlo pizpireta. Él le correspondió iniciando la conversación.

Demás está decir que, en tanto el *tano* había ido con sus padres, lo tuvimos de ocupa en nuestro piso durante toda su estadía. Luciana amaba su tupé exageradamente engominado desde primera hora del día, sentimiento que nosotras no compartíamos, ya que por su culpa, cada mañana se armaba una terrible cola para ir al baño. Pero bueno, al margen de nuestras opiniones, ellos pasaron diez días de amor y pasión entre olas frescas y pescadito frito, y coronaron las vacaciones con el juramento de una pronta visita. Demás está decir que con las chicas apostamos sobre si este amor llegaría a puerto alguno. Si de ahí a fin de año no se volvían a ver, Sophie tendría que cocinarnos una paella marinera a Belén, a Camila y a mí.

Auf Wiedersehen

Mi amor más pasajero se llamó Moritz. Lo conocí a las semanas de terminarse lo de Jimmy, el San Valentín pasado. Todas mis amigas tenían plan, incluso Belén con Santiago. Para su desgracia y mi suerte, su rollo había metido en la salida a otras parejas de amigos suyos, así que ella decidió incluirme. Fuimos al Betty Ford's, como muchas veces, sólo que esta vez me pasaría algo que no me había pasado nunca.

En la mesa de al lado y pegado a mí, se sentó un chico, solo. Lindo y solo. Rubio, de ojos claros y facciones suaves. Tenía un halo de dulzura que me cautivó a primera vista. Escribía algo en un trozo de papel y me acuerdo de que lo apodamos "el poeta". Cada tanto miraba de costado para nuestro lado y mis acompañantes no dejaban de hacer gestos indiscretos para que le hablara. Tras pocos segundos, para que pararan de avergonzarme y porque era lindo, me presenté y le pregunté qué escribía. Él levantó la vista del papel y, mientras señalaba la etiqueta de la botella que tenía en la mano, me dijo que se llamaba Moritz, "como la cerveza" y, sonriéndome con la boca y la mirada, me contó que tachaba una lista de cosas que se había propuesto hacer en las próximas horas. Había estado seis meses en un intercambio de su empresa en Barcelona y a la mañana siguiente volvía a Munich. No sé por qué, pero el hecho de que fuera su última noche en la ciudad, me atrajo hacia él.

Cuando el bar cerró, Belén, Santiago y sus amigos se fueron diciendo que estaban agotados. Yo no estaba cansada y Moritz tampoco, además, según su lista, no podía volver a su casa hasta dentro de, al menos, una hora. Así que salimos y nos perdimos en un laberinto de calles sin rumbo con una *sexy beer* en una mano y un cigarrillo en la otra.

La fría noche no detuvo nuestro andar, terminamos en la Plaza Real y nos metimos en Karma, la mini-discoteca con menos cola. Dentro nos esperaba una *playlist* de lo más reguetonera mezclada con pop actual, una combinación perfecta para nuestros cuerpos ya borrachines. Pronto, nos hicimos con el centro de la pista y, entre carcajadas, fracasé en el intento de que me siguiera en algún paso latino. Cómo nos miraban todos, y qué poco me importaba.

Cerramos este segundo local y nos sentamos en la fuente central de la plaza todavía con el deseo latente de besarnos. De esto se percató un paki de los que venden rosas por la calle. Tras su insistencia y nuestra negativa, al fin dejó la flor a mi lado, sobre la fuente y se marchó. Moritz se puso de pie, sacó una moneda del bolsillo de sus jeans, cerró los ojos, se hizo el pensativo y la tiró a la fuente. Luego, tomó la rosa y me la dio. Se sentó a mi lado y nos pusimos a ver las estrellas, a besarnos, a abrazarnos, y a mirarnos como si no hubiera un mañana.

Ahhh.... qué lindo. Qué dulce. No paraba de preguntarse a sí mismo y en voz alta por qué me había tenido que conocer la última noche. Yo me acogía al retoricismo de sus palabras y me refugiaba muda en la profundidad de sus ojos azul claro mientras escuchaba piropos y deseos de que fuera a visitarlo a Alemania. Podríamos haber estado así una eternidad, pero la eternidad no era para nosotros. El billete de su vuelo y el sol que quería salir nos lo recordaban.

Moritz repasó su lista, tachó algo al final del papel que no me quiso mostrar, y me dijo que ya estaba todo hecho, todo excepto la visita a una heladería en Barceloneta, donde hacían un sabor de pomelo y jazmín que a él le encantaba. "¡¿No te parece un poco femenino ese sabor?!", me sorprendí y nos reímos. Como a esa hora la heladería iba a estar cerrada, nos ahorramos la comprobación. "Siempre es bueno dejar algo pendiente, así tenés una excusa para volver. Voy a volver. Sólo por el helado...", me dijo en inglés, guiñándome un ojo. Después me agarró de la mano y me acompañó a tomar un taxi. Aunque no estaba en mis planes, ni en los planos de la ciudad su casa cerca de la mía, se subió él también al coche y, no sé por qué, no nos dijimos nada en todo el trayecto. Cuando llegamos al portal de mi casa, se bajó y subimos juntos a hacernos el amor la última hora y diez minutos que su avión nos concedía. Sí, sin apenas conocernos hicimos el amor. Esa noche fue amor.

Se hicieron las ocho y cuarto y ya no hubo tiempo para nada más. Las cosas se sucedieron sin pensar. Yo agarré mi bolso y salimos de casa. Bajando por las escaleras, no pude evitar robarle la lista que se asomaba por uno de los bolsillos traseros de sus jeans y, aunque no entendía alemán, me la guardé con discreción como recuerdo y por la curiosidad que me despertaba esa línea tachada en la fuente. Nos subimos a un taxi y lo acompañé primero a su casa a buscar la maleta, y luego al aeropuerto.

Al pie de las escaleras mecánicas, nos besamos y nos despedimos con la tragedia en la piel y una sonrisa. Cómo me insistió Moritz para que nos diéramos los teléfonos o el Facebook, o algo... Pueden llamarme loca, pero inesperadamente había pasado mi mejor San Valentín y la noche más bonita de toda mi vida, y ya convencida de que no todo lo bueno debe ser amarrado, ni que las cosas son mejores cuando se las intenta retener, cogí ese último beso que me tiró al final de las escaleras, agarré bien fuerte ese recuerdo tan tierno, y lo dejé volar.

De vuelta a tierra
¡*Tiritín!*, el móvil de Lu me bajó de la nube.
—¡Amigas! ¡Me ha escrito *Luchiano*! Dice que viene el mes que viene a Barcelona. ¡Ya tiene los pasajes! Ah... me lo imagino saliendo del mar, peinándose con sus dedos para mí... —

Nos sacó una carcajada a todas.

—La paellá me gusta con muchas gambas —se rió Sophie tapándose la boca con la mano.

—¿De qué hablas? —Se sorprendió Lu, pero su entusiasmo por el mensaje del tano hizo que lo dejara pasar.

—No es rubio, Lu. Te va a salir una Marianela morena, y eso no es lo que querés... —Estaba dispuesta a sabotearle el proyecto de marido si hacía falta con tal de no perder.

—Bueno, ya le pintaré sus mechas, pues, como su madre —decía entre risas.

—Ay, no. Pobre. Yo quiero un hijo negritó —Sophie se untaba más bronceador como si cambiando su propio color de piel fuera a conseguirlo.

—Con los bichos con los que andás vos, de pelo verde te va a salir —Camila se bajó las gafas para ver qué cara se le quedaba a la francesa.

—¡No manches! ¡Dice que tiene una entrevista de trabajo ni bien llega! ¡Se piensa quedar!

—Joder... Parece que el chico iba en serio —Belén verbalizó la sorpresa que se nos veía a todas en la cara.

—¿Si? ¡Qué bien Lu! —le dije sincera, pero con cierta resistencia.

—Yo sabía que iba a venir, a veces el amor triunfa, a veces encuentras a tu Sergi. Ay, el amor... —Se rió al acabar la frase, pero sabíamos que no había exagerado ni un poco sus sentimientos melosos.

Belén se metía los dedos en la boca en señal de repugnancia, Camila le sonreía descreída, Sophie era la única que empatizaba tanto con Luciana, y yo miraba al cielo buscando esa avioneta que ya no estaba. Entonces caí en que no había dejado ir a Moritz por evitar que la distancia arruinara esa historia tan linda, sino que, una vez más, mi cabeza acalló a mi corazón y preferí seguir con mi vida de soltera. Al instante, me vino a la mente el momento en el que llegué a casa del aeropuerto y traduje esa línea de la lista tachada en la fuente de la Plaza Real. Decía: "conocer a alguien especial". Todo lo que tenía de él era ese trozo de papel. No tenía nada. En ese momento y en éste, el corazón me dio un fuerte sacudón.

—Chicas voy a comprar un helado. ¿Alguna quiere? —El cuerpo me lo pidió instintivamente.

—¿A dónde vas a ir? —me preguntó Belén.

Miré alrededor, no había ni un chiringuito a la vista...

—No lo sé, hasta donde encuentre un helado de pomelo y jazmín.

Si querés leer más sobre amores que desaparecen seguí leyendo, si no podés esperar a ver cómo sigue el San Valentín de Azul y sus amigas saltá al capitulo 9 y volvé al 8 más tarde.

Capítulo 8
Abracadabra

EL MÓVIL, UNA VARITA PELIGROSA

Publicado por Azul/Jueves 17 de
noviembre

Cuánto sabemos las mujeres sobre la atracción sexual, pero qué poco sobre cómo hacer que un chico se quede a nuestro lado...

Después de hablar con varias amigas y escuchar distintas experiencias, recopilé los mejores trucos, y también algunos fracasos, para que todas estemos prevenidas.

Truco 1: Mostrate accesible en los primeros encuentros. Pensá que nadie está solo cuando está soltero y, si te ponés difícil, ya tirará de agenda. Eso sí, que la rapidez por concretar una cita y el corrector automático de tu móvil no revelen tus verdaderas intenciones.

Ejemplo de acto fallido: Un sábado a la

medianoche, el ligue de una amiga le escribió diciéndole que estaba por entrar a una discoteca, si quería unirse al plan. Ella no lo dudó. Tras querer teclear a toda prisa "voy, pero si me esperas en la puerta", envió: "voy, pero si me espermas en la puerta". Accesible, no fácil. No tanto...

Truco 2: Mantenete un poco distante tras las primeras citas. Ya le gustás, es el momento de hacerte desear.

El espectáculo sin segundo acto: Una clave para reprimir tus ganas de escribirle es hablar del tema con tus amigas. Pero no te metas en sus redes sociales y menos lo cuentes vía WhatsApp. Podrías querer poner en el grupo cosas como: "me dijo que es ciclista. Acá una foto de Google ganando un trofeo, bien. A ver qué más hace... No!, entré a su Linkedin, le va a quedar registro de esto... Tampoco sé si merece la pena. No creo que gane mucho por andar en bici... Le diré de ir a cenar; a ver a dónde me lleva. Jiji!". Y luego darte cuenta de que le enviaste todos los mensajes a él. Asegurate del chat en el que escribís y no lo investigues, nunca sale bien.

Truco 3: Si pasaste con éxito las dos primeras etapas, empleate al gran acto de la seducción. Enviale una foto provocativa por el móvil. Infalible para que no llegue tarde ni cancele.

Que el truco no se vea: ¡Cuidado! Una amiga se puso su mejor lencería de encaje, se tomó una foto haciendo morritos y la editó en Instagram. Se vio poco sexy. Repitió la acción pero esta vez sin ropa interior y le envió la foto a su chico. Tuvo éxito pero... al rato recibió mensajes de su galerista: "qué buena muestra!", de un colega: "eres toda arte", y de una amiga: "boluda, no sé qué quisiste hacer, pero publicaste una foto tuya en bolas en tu perfil de Instagram!!!".

Si algo tienen en común todos nuestros trucos, además de que necesitan práctica, es que siempre empiezan con escondites y acaban con apariciones. Los masculinos, al contrario, comienzan con una aparición estelar y acaban con su desaparición total. ¿Que a qué me refiero? ¿Hace falta que lo diga?

Los trucos de ellos

—Abracadabra, pata de cabra... —Comencé un conjuro, blandiendo la pajita del Jack Daniels-cola de Belén, cuando todos relojes antiguos del bar marcaban la medianoche, y seguí— ...que aparezcan todos nuestros magos, y que se traguen frente a nosotras sus halagos, y cuando nos hayamos acabado este trago, veamos como les salen gusanos del...

—¡Estómago! —La francesa le pifió a la sílaba tónica y completó mi hechizo.

—Que les salgan de la polla, incluido a ese que se acaba de ir —Belén me sacó su pajita de la mano, la metió en su vaso y le dio un buen trago.

—Pensaba que dirían "del nabo". Gana Belén por aproximación semántica—anuncié.

Más temprano, mis amigas y yo, luego de ver una comedia romántica francesa en el cine de la calle Verdi, nos dirigimos a TimeLine, un bar en el mismo barrio de Gràcia. Nos quitamos nuestras chaquetillas de entretiempo, nos sentamos en una mesa alta con taburetes y ordenamos las bebidas desde ahí, confiando en la experiencia de lectura de labios de un simpático barman que estaba a escasos, pero bulliciosos, tres metros de distancia. Cuando estábamos esperando nuestros tragos, apareció un mago a nuestro lado y nos sorprendió con unos trucos poco pretenciosos pero perfectamente ejecutados. Se arremangó el blazer, nos mostró la desnudez de sus brazos, y me sacó una rosa de detrás de la oreja, —que dejé ahí toda la noche—; a Luciana le hizo aparecer, en su anular derecho, un anillo hecho con el papel plateado de la cajetilla de cigarrillos de Belén, que había estado cerrada todo el tiempo, —no se lo quitaría ni para ducharse, pensé—; a Camila le sacó un diez de corazones de su frondosa melena; a Sophie, su teléfono; y a todas, menos a Belén que no tuvo truco, una sonrisa.

"¡Un mago!", "¡qué bueno!", "¡cuánto hace que no veía a uno!", "sí, cuánto tiempo", comentamos todas al finalizar el micro-espectáculo, pero mientras la camarera llegaba con nuestro pedido, nos miramos y nos dimos cuenta de que no hacía tanto tiempo que no veíamos a uno, que de hecho conocíamos a unos cuantos, y que, si bien nos habían creado fantásticas ilusiones, no nos habían dejado tan sonrientes.

¿Pero por qué nos encandilaban todavía estos truquitos si sabíamos que sólo eran eso? ¿Qué nos mantenía expectantes con cara de tontas? ¿Descubrirlo nos evitaría decepciones futuras? Ante la duda, preferimos desquitarnos recordándolos en voz alta; con suerte no volveríamos a caer. ¿Dije con suerte? Quise decir con la suerte de quien se gana el Euromillones, el Gordo de Navidad y participa y gana en Slumdog Millonaire sin los comodines de la llamada, del público, ni los de cincuenta por ciento, todo en un mismo año.

—¿Se acuerdan de Andy? —les dije mordiéndome el labio inferior y todas me imitaron.

Se abre el telón

Mi primer mago en la edad adulta se llamó Andy y apareció una noche mientras bailábamos con Belén y Sophie en un club de soul. Yo había salido con alma de soltera y nada receptiva al amor, hasta que de repente, el telón rojo que separaba el vestíbulo y la sala de baile se abrió y se produjo nuestro primer contacto visual que prometía muchos más.

Hacer una descripción física de Andy es repetirme, porque todos los que me gustan son muy parecidos: altos, de espalda ancha y facciones no exageradas... voy a agregar que era holandés, castaño de pelo y ojos, rasurado perfecto, rapado al dos y de vestimenta impoluta.

Ni bien apartó los ojos de mí con cierta altanería se dirigió a la barra, volvió con dos copas y bailamos al compás de Jackson five sin mediar palabra. Cuando sonaba Jamiroquai, me tocó el pelo, me sonrió de costado y me dio un beso en el cuello. Me dijo al oído que era amazing, y así comenzó un show que duró poco más de dos semanas.

Los besos intensos pero pausados, sus halagos personalizados al detalle, las cenas caseras, la selección de películas emotivas y la nostalgia de sus relatos familiares pese a su corta vida, fueron sus mejores trucos. Tengo que decir que me los tragué todos, incluidos dos platos de spaghetti a la bolognesa y un pollo al horno con papas.

Hasta la última cita, lució camisas de planchado esmerado que le hacían justicia al lomazo que tenía y un afeitado liso con el que forzaba la prueba de la suavidad contra mi cuello cada vez que podía; yo me derretía por dentro, pero me mantuve algo distante, cauta, todo el tiempo que pude: diecinueve días y no más. Sólo cometí una acción, que no fue un error, me mantengo en esa postura. Él me había comentado que había una película muy significativa en su vida, y yo la miré. Toda. Sola y en mi casa. Un bajón de esos basados en hechos reales que, encima, duraba más de dos horas. Para que se diera cuenta de mi gran acto, le dije algo lindo con referencias a la película, algo muy personal, podría catalogarse de dulce, empalagoso tal vez. ¡Pero sólo fue uno contra mil suyos! Creí que coprotagonizando ese "algo" que él interpretaba con tanto realismo, me llevaría aplausos, flores y besos, pero no. Sin siquiera decir las palabras mágicas, se esfumó.

Mi vino también desapareció al traer esta historia al presente, así que le hice gestos al camarero para que rellenara mi copa.

—Te cocinaba, estaba enamorado... quién sabe qué le pasó —me decía Luciana acariciando su anillo de papel metalizado, aún sabiendo que mi historia con él había acabado en la nada misma.

—Bah, era un niño, tía. ¿No has dicho que había llegado hacía tres semanas de Holanda para hacer un máster? Extrañaría a su madre y de ahí tantos cariños —equilibró Belén, sin pudor, mordiendo el limón de su bebida.

—Yo creó que los chicos que "huyen" en realidad no están tanto por ti... quizás... ¿no?

Omití el comentario de la "sabia" Sophie.

—No. El pibe parecía re entregado. Seguro que le gustabas, y bastante. Sólo que es hombre —salió Camila al auxilio de mi moral, mientras miraba fijamente al mago de chistera, como si no se hubiera dado cuenta de que ya le había pedido el teléfono a Sophie.

—Es cierto que lo de ese güey fue bien raro. Pero tampoco te entiendo a ti. El chico un día no te escribió y tú decidiste no hacerlo tampoco...

—Pasó de estarme atrás todo el tiempo, a no escribirme durante dos días; ahí supe que algo pasaba, entonces lo contacté yo. Hablamos un rato largo, pero yo intuí que algo no iba bien... Acá está la conversación —la encontré en mi móvil y me dio el bajón—. Me dijo que tenía que contestar una llamada y que me escribiría luego. Jamás escribió.

—Eso ya lo sabemos, ¿pero por qué no le pediste ni una explicación? Además él también podía pensar que vos no estabas interesada... —Camila me planteó una visión distinta de la historia. Ya escribiría sobre esto en mi blog. O no, era un poco triste...

—Las palabras a veces sobran —apuntó Belén.

—Y otras faltan, ma chérie —Sophie me leyó la mente y me acarició la cabeza.

—¿Y mi mago? —Lu acariciaba su anillo haciendo pucheros— Ginger iba para marido...

Ginger *The Magician*

Luciana conoció a su ilusionista en la calçotada de unos amigos. Lo apodamos "Ginger", que es pelirrojo en inglés. Yo vi como el chico ese día le sirvió sus cebolletas con mimo y hasta le limpió la salsa de la comisura de los labios, aunque para mí que eso era baba... "Podríamous ir al Tibidabou otro día y ver la caída del sol, puede estar muy bonitou, como tú, como tus ojous" escuché de refilón que le decía a Luciana más tarde bajo la sombra de un olivo. Con esta sola frase la cegó en el primer encuentro, aunque mi amiga ya estaba acostumbrada a sucumbir con unas pocas palabras más o menos bien hiladas.

La cita del atardecer en el romántico monte no fue bastante cortejo para "Ginger the Magician", que se guardó lo mejor para su último acto. Según nos contó Luciana, un domingo de maratón fílmico-fórnica en casa de él, le dijo algo así: "Mira, esta es una fotou de mis sobruinas. Ahora soy bajandou un film de Cinderella para cuandou vaya de vacaciones a Dublin ¿A ti te gustan los niñous? ¿Cuántous te gustaría tener?". La pobre Lu a la semana ya lo veía como su príncipe colorado. Jamás hubiera pensado que terminaría siendo un Merlín de pacotilla y que, tras unos polvitos mágicos más, daría por concluida su función sin previo aviso y no lo volvería a ver jamás.

—¡Ni un mensaje me contestó el güey! Y mira que yo le escribí más de tres veces y en distintos días... —La mexicana había dejado los chistes y lo recordaba ahora en el bar con melancolía—. Ay, mi Marianela... qué bella se veía mi niña pelirroja... —seguía.

—Ahí está, otra desaparición repentina. Por breve que fuera la historieta, fue muy intensa, Lu. Yo te re entiendo —empaticé y chocamos nuestras copas.

Miré a Camila para compartir el bridis pero ya estaba otra vez con los ojos puestos en el mago.

—Los pelirrojos son gente rara, tía, por algo los quemaban en la hoguera —La consolaba Belén a su manera mientras machacaba el limón de su nueva bebida con la pajita.

—Bueno Lu, sé que mal de otros consuelo de tontos, pero si te contara mi historial de hombres que desaparecieron con un ¡plin!... —Camila se burlaba ya, había vivido tantos dramas...

La veterana asistente de mago

Camila debería completar su curriculum vitae con "asistente de mago", ya que acumula una larguísima experiencia en el arte del ocultismo y la desaparición.

Uno de sus escapistas más célebres fue Julien, un rollito del pasado que, cada vez que se encontraban por casualidad en algún bar a la noche, se terminaba yendo a la francesa. Camila y su perseverancia siempre intentaban retenerlo como fuera. El chico nos daba pena, y las escenas de este tipo, vergüenza ajena, pero ya estábamos acostumbradas; nos limitábamos a alejarnos un poco y listo.

Otro de sus grandes magos fue Jordi. Lo había conocido a través de una aplicación para ligar. Nos contaba que era muy dulce por el chat, pero siempre que tenían una cita, se terminaba sacando excusas de la manga para no asistir. Esto desquiciaba a Camila, quien insistía en explicaciones claras y le hacía una exposición detallada de las incongruencias de sus pretextos dejándolo en evidencia; hasta que un día el catalán ya no escribió más excusas. Ni nada.

Y como olvidar a "Billy the kid", que en realidad se llamaba Guillermo y tenía siete años menos que ella, aunque él creía que sólo dos —Camila tiene una ecuación exacta para mentir su edad, según la del chico, pero no nos la desvela—. La tercera vez que se vieron, el chico le propuso irse de vacaciones juntos a Hawaii, él tenía bastante dinero y lo pagaría todo. Yo supongo que fue el entusiasmo juvenil lo que lo llevó a hacer ese comentario. El muy inocente creyó que se olvidaría, como uno de esos planes entre copas bajo la luna que se olvidan con la salida del sol. Pobre chico... Al día siguiente, Camila ya estaba preocupada por el posible exceso de equipaje y por la necesidad de comprarse un bikini con flores hawaianas y molestaba cada día a Billy preguntándole acerca del clima en la isla y otros temas relacionados con el viaje. Al final, el niño un día le dijo que se iba de camping con amigos y nunca más se supo de él; como era de esperarse para todas, menos para Camila que no entendía qué había pasado.

—No sé qué les pasa a los hombres —Camila mecía su copa de vino tinto y la miraba como si ésta fuera a darle una respuesta.

—Toma —la francesa le pasó su móvil con el contacto del mago en la pantalla—. Es que ayer conocí a un trapecista en el Parque de la Ciudadela y dijimos de vernos otro día, y seguró que todos los artistas se conocen, qué vergüenza si se enterara...

Camila no entendió el porqué de la discriminación. Se lo aceptó y, aunque ya tenía el teléfono, no se aguantó y se acercó al mago, que seguía dando vueltas por el bar.

Cuando ellos blanden la varita...

Cuando todas miraban a Camila, yo me abstraje un momento. Volví a mi historia con Andy y el corazón se me encogió. Mientras intentaba ver qué había fallado en mí, qué había hecho para que Andy desapareciera repentinamente, y no repetir errores, caí en la cuenta de que daba igual cuál fuera nuestra personalidad ante el amor: descreída, enamoradiza o solidaria. En algún momento cerramos los ojos y nos dejamos llevar a un mundo mágico al que algunos creen que nos quieren llevar para siempre sin haberlo premeditado mucho, y al que nosotras nos encantaría ir, al menos por un tiempo mayor a la brevedad que nos dan. Creer en esa verborragia fantástica, cuyos efectos colaterales los hombres desconocen o prefieren ignorar, está en la naturaleza femenina, y el instinto de huida repentino ante la reciprocidad, o cualquier cosa que les surja y requiera una mínima explicación, en la masculina. Pero si los motivos los conocemos, ¿por qué reaparecen cada tanto estos magos en nuestra mente y nos remueven las emociones?

Puesta en escena

Camila, ya de vuelta en nuestra mesa, interrumpió mi pensamiento.

—Le dije que era artista plástica y que me interesaría capturar algún momento de un espectáculo suyo, la magia misma en óleo —se reía.

Nos partimos todas de risa. Camila tenía más recursos que una milonga para flirtear.

—No se pudo resistir y me invitó a su actuación de mañana —siguió, haciendo morritos.

—Ay, amiga, quién sabe, el amor... mi Ginger... —Luciana no aportaba nada con esas frases sueltas, no sé si lo sabía.

— ¡Lu! Sabías que está el ginger pride. Es el día del orgullo pelirrojo. Andá y así encontrás al padre de tu Marianela colorada —le sugerí para aliviar su ánimo y el ambiente.

Entre risas nos levantamos y salimos del bar para volver a casa.

Yo cierro el telón

Ya sola en el metro, entré al WhatsApp de Andy para volver a ver una foto suya. ¿Por qué volvía a él? ¿Por qué añoraba eso que no fue? Con la mirada perdida en la oscuridad del túnel, lloré. No mucho. Sólo un par de lágrimas cayeron hasta la mitad de mi mejilla sin fuerzas para seguir avanzando. No necesitaba explicaciones, ya no me importaba el porqué. ¿Pero qué echaba en falta entonces?

Ni bien las escaleras mecánicas me sacaron a la superficie, una brisa me dio la respuesta.

"Hey, Andy! Ya terminaste tu llamada? Jeje.

Hoy fui a un espectáculo de magia con mis amigas, y esto de las cosas que aparecen y desaparecen me recordó a vos. ;) Sin rencores, de verdad. Sólo que me pregunté por qué aún te me venías a la cabeza y qué había pasado (pregunta retórica... o no del todo).

Espero que estés bien, yo lo estoy. Pero nunca nos despedimos y eso para mí es necesario y, probablemente, sea la razón por la que me sigo acordando de vos... Así que un beso y adiós."

Capítulo 9
San Valentín -parte II

¡Mensaje enviado!

La calle y media que separaban la pastelería de mi casa se me hicieron mil. En cuanto pasé el marco de la puerta, palpé el bolsillo y corroboré que la piedra siguiera ahí. La posibilidad de contestarle a Jimmy de forma equivocada se tradujo en fuertes latidos. Pero la ansiedad llegó a mí con retraso y firmeza y me impulsó a enviar un mensaje sin darme tiempo a quitarme ni el abrigo ni la bufanda. ¿Había tardado demasiado? ¿Seguiría en pie la invitación para vernos ese día? ¿Me respondería pronto?

Entre dudas, me volví a enfundar en mi pijama de franela, agarré la gema azul y me hice unos mates para distraerme. Me estiré en mi cama con todo un despliegue de cosas: hojas, bolígrafos, laptop... el tipo de desorden que me resultaba tolerable, mi desorden.

Tras revisar "Vuela, vuela", el único de mis escritos que no había publicado en un post, subí el fragmento de

Moritz y mío y deseé que este San Valentín fuera tan bueno como el anterior. Al final de cuentas, tenía una segunda oportunidad con Jimmy. Podía salir bien o mal, pero al menos no me quedaría con la duda de cómo hubiera sido eso que no fue. "Ay Jimmy... ¿por qué te fuiste de mi vida así, y por qué volvés ahora?" Mientras esperaba su respuesta, vino a mi cabeza el día que nos conocimos y cómo transcurrió nuestra historieta de cariño.

Jugando a los novios

Conocí a Jimmy a los cuatro meses de cortar con mi ex. Era un jueves de esos en los que, harta de estar dentro de la oficina, querés que sí o sí pase algo fuera. Recuerdo que estaba en la agencia y a última hora mi jefe me dijo que tenía dos entradas para un concierto de indie-rock esa noche: tocaba un amigo suyo y él no podía ir. ¡Aleluya, tenía excusa para salir pitando del trabajo! Lo único que me pidió a cambio fue que saludara de su parte al cantante de la banda y le agradeciera las entradas. Aunque nunca fui muy farandulera, me pareció un buen trato. Me hacía gracia ir detrás de bambalinas a saludar a estrellas de rock, aunque pertenecieran a una constelación desconocida.

Como esa noche hacía un frío terrible, mi plan no fue recibido con una gran ovación en el chat de las chicas. La única que me quiso acompañar fue Camila que, pese a ser la más grande del grupo, no perdía jamás una oportunidad de salir. Ella decía que el padre de sus futuros hijos podía estar en cualquier lado y no podía correr el riesgo de dejarlo pasar por quedarse una noche en su casa haciendo zapping. "Saping es lo que hacés vos", le decía yo, porque terminaba siempre con algún renacuajo que jamás tenía ni pinta de príncipe.

Quedé a las once con Camila en la salida del metro Marina. Cuarenta minutos más tarde y tiritando de frío, me quedé todavía más helada al ver una loca cruzando el puente en bici a toda velocidad. De su cabeza salían unas plumas que ondeaban con el viento.

—Nena, ¿qué hacés con eso en la cabeza? ¡Y mirá qué hora es!

Camila tenía una especie de diadema de cuero marrón trenzada de la que caían otras trenzas más finas con plumas en los extremos, y completaba el disfraz con un chaleco marrón de flecos larguísimos.

—Me dijiste que era un concierto de indie. Me lookié —me dijo súper convencida del acierto de su estilismo.

Mi amiga ya me había demostrado que me podía causar vergüenza ajena diciendo, señalando, bailando y hasta vistiendo, pero todavía me seguiría sorprendiendo.

—Sí, Camila, de indie, no vamos a ver a Village People. Parecés un cacique. Sacate alguna pluma aunque sea.

Caminamos a las apuradas, como siempre que voy con ella a algún sitio, y entramos a Razzmatazz cuando el grupo telonero, el que íbamos a ver, estaba ya terminando. Desde el fondo de la sala Camila "se pidió" al cantante, que era el más lindo con diferencia: barba crecidita —supongo que es parte del uniforme indie—, alto, pelo castaño. Lindo, pero amigo de mi jefe. La banda se despidió y nosotras aplaudimos sin saber bien el qué; Camila, además, le dedicó unos alaridos al cantante, pese a mi fuerte advertencia de que se comportara. Yo creo que no registra mucho su entorno, porque ella en verdad no cree que esté haciendo nada mal. A veces me pregunto por qué soy su amiga...

Nos dirigimos a la puerta que daba a la parte de atrás del escenario. No parecía que el de seguridad nos fuera a dejar pasar, así que saludamos con la mano a uno que habíamos visto en el escenario y se nos acercó. No era el cantante, era Jimmy, el baterista, así se presentó.

Alto, atlético, rubio de ojos oscuros, pelo parado con gel, afeitado suave, contradictorio al estilo musical al que representaba, nariz muy masculina y con una extraña cicatriz cerca de la oreja derecha. No era feo. Le mentí diciendo que nos había gustado todo el concierto y que íbamos de parte de mi jefe, que conocía a Oriol, el cantante. Jimmy me dio dos besos y agarrándome por la cintura todo lo que pudo, nos hizo pasar al backstage.

La verdad es que me esperaba algo más glamouroso detrás del escenario que unas paredes de ladrillo a la vista y unos sofás gigantes de cuero cuarteado, pero mi juicio e inspección del ambiente terminaron en cuanto vimos a Oriol. Mi amiga apenas me dejó saludarlo y se le pegó pese a su desinterés. La vergüenza que sentí al comienzo respecto de mi jefe ya se había ido. La verdad es que me daba igual mi jefe, me daba igual mi trabajo, me daba todo igual... Ajeno a todos mis pensamientos, Jimmy ordenó una botella de Hendricks y nos lo preparó con tónica. Salimos a la sala de conciertos cuando comenzaba a tocar la banda principal. Al menos veríamos una completa. O no...

La noche transcurrió con el baterista sin despegárseme mucho, y bueno, entre que me empezaba a aburrir y que mi amiga no me prestaba mucha atención, me abandoné a su compañía. Al rato me llevó al backstage otra vez por eso de que en la sala no se escuchaba nada de lo que nos decíamos, pero atrás tampoco, así que a falta de entendimiento verbal nos volcamos al inequívoco lenguaje de los besos. Por lo visto, yo no sería la única mecenas de cariño; al instante entraron Camila y Oriol a lo indio y no se percataron de nuestra presencia hasta que él se atragantó con una pluma de la diadema de mi amiga y la tos al fin los separó. Jimmy nos preparó otra ronda de tragos a todos para distender la situación. Mientras lo miraba, me pregunté "¿a cuántas habría tenido por ahí atrás? ¿A todas las hacía pasar igual que a nosotras y les convidaba esa ginebra tan cara?" —no haré chistes sobre el pepino—. Di por sentado que sí y pensé que el comportamiento de lady sólo me serviría para quedarme con ganas de acción. Así que asumí que me convertiría en una groupie más de su rock & roll, pero sin complejos. Nos perdimos este segundo concierto también, pero lo compensamos: Jimmy terminó tocando en mi cama y la que cantó fui yo.

Desayunando en mi sofá, me soltó la copla de que le gustaba cocinar, que quería formar una familia pronto, y otras cosas por el estilo, mientras improvisaba baquetas con el cuchillo de untar y la cuchara de su té con leche sobre mis piernas. Ahhh... me encantaba que se inventara ritmos en mi cuerpo; con cubiertos, bolígrafos o sus índices... ¿Yo le gustaba o le gustaba jugar a los novios como a mí? ¿Habría metido la pata una vez más acostándome con un chico a la primera? ¿Se terminaría enganchado como yo tras estos juegos? Al terminar el desayuno, ya me estaba empezando a gustar y estas dudas me carcomían por dentro.

En los días siguientes, me daba señales contradictorias. Tras miles de mimos en la cama, se iba pronto de mi casa. Luego me enviaba mensajitos con fotos de sus ensayos, de lo que comía, etc. También podía estar días sin escribirme, y lo compensaba otra vez con planes geniales, que algunas veces cancelaba a último momento con excusas muy elaboradas y creíbles. Belén decía que era un cabrón integral; Sophie que tenía rasgos de maltratador, que lo dejara; Luciana que no exagerara, que nos estábamos conociendo, que le cocinara y vería cómo se enamoraba de mí; y Camila me insistía en que le preguntara a Jimmy por qué Oriol no le atendía sus llamadas. ¿Y qué opinaba yo? Yo me creía su discurso a mi propia conveniencia: cuando veía que el chico se entregaba y había posibilidades de que mis ilusiones fueran correspondidas, me creía todo lo que decía y hacía; y, en cambio, cuando se alejaba durante días, lo llenaba de críticas, así, de un hombre menos perfecto, me era más fácil desprenderme. Lo amaba y odiaba a días. Mis mecanismos de autodefensa se habían desarrollado bien tras mi separación.

¿Hay cita?

Acurrucada en mi cama, y en medio de toda esta introspección, intenté atar algunos cabos. Si en más de una ocasión parecía que realmente había una conexión entre algún chico y yo, ¿por qué tomaban esas distancias súbitamente? ¿Alejaba a los hombres incluso sin darme cuenta? Creo que con el mensaje que le mandé hace un rato ni lo alejaba ni lo acercaba, sólo mostraba debilidad...

De camino a mi casa, había pensado varias respuestas irónicas. Quería ser vengativa, mala, hacerme desear. En cambio sólo le escribí un distante pero blando "hola, ¿cómo estás?". Él me dijo que genial ahora que volvíamos a hablar y que si nos veíamos a las nueve para ir a un sitio de "burgers" por el Born, que me esperaría bajo el pebetero frente a la Catedral del Mar. Pese a lo romántico del lugar de encuentro, no pude evitar reírme al recordar que Jimmy no traducía esa palabra al castellano, y que de su boca salía algo que sonaba más bien a "vergas", que en el pasado había dado frases como: "Me encantan las vergas, ¿a ti?", "¿quieres ir a comer vergas?", y "me he comido las mejores vergas de Barcelona, te llevaré a probarlas todas".

Me retorcía a carcajadas abrazada a la almohada. Hasta una lagrimita humedeció el pijama que hacía escasas horas estaba bañado en llanto, así que me costó saber si esa gotita se debía al divertimento puramente o a los nervios generales de su vuelta. Releí su mensaje. Ya me lo imaginaba haciendo comentarios sobre su comida preferida en el mundo. Tendría que contener la risa, como otras veces, para no tener que explicarle el accidente fonético, si no, lo evitaría y se acabaría mi entretenimiento encubierto. "Vergas"... cómo me hacía reír este James... otra lágrima me convenció de que no tendría un plan mejor en siglos.

¿Te llegará mi mensaje a vos?

Me prometí escribir sobre esto en mi blog. Me di cuenta de que con cada post canalizaba emociones a la vez que me conocía. ¿Tenía razón Sophie? ¿Se refería a esto la bruja? ¿O había otra razón para volver a publicar? De repente sentí una especie de revelación y promocioné el post de "Vuela, vuela" en mis redes sociales. Tras el subidón, me quedé inmóvil unos segundos.

Luego, ante la duda de si la adivinación hacía referencia al blog o a Jimmy, enseguida le respondí que sí, que me parecía bien vernos a esa hora y en ese lugar para ir a comernos unas ricas hamburguesas y comernos a besos. Bueno, esta última parte no se la dije, algo de dureza debía conservar. ¡Tenía cita con Jimmy! Las chicas me iban a matar si no moría yo antes de amor. Puff... esperaba estar haciendo lo correcto.

Tras enviar mi mensaje, le empecé a dar vueltas otra vez a cómo había acabado lo nuestro. Los músculos de la cara se me contorsionaron a la vez que los del pecho, podía sentirlo.

Y si te he visto no me acuerdo

La última vez que hablé con Jimmy fue cuando le dije que estaba segura de lo que había visto y él de lo que no había hecho. Cada uno se mantuvo en su posición y no nos volvimos a ver.

Recuerdo que yo tenía cierta desconfianza porque él no me había escrito en todo un fin de semana. Recién me conttestó un domingo por la noche explicando que se le había estropeado el móvil...

No tardé nada en pedirle a Luciana, que es la mejor espía de las redes sociales, que lo investigara un poco. A la media hora del encargo mi amiga me envió una foto por el char de Facebook. Todavía siento un fuerte dolor en el pecho al recordarla. Jimmy estaba etiquetado con una brasilera gogó de discoteca el sábado anterior. ¡Gogó de discoteca! Él la agarraba por la cintura desde atrás y le daba un beso en la mejilla muy cerca de la boca. ¡Cintura, no hombro! Y el muy cabrón le había puesto un like. Para colmo Luciana me aseguró que ella había llegado hacía unos pocos días de Río y que la había conocido esa misma noche. También que el amigo con el que había salido de fiesta se había liado con una amiga de la carioca.

Ok. No sólo había estado con otra sino que ni siquiera era una ex novia o alguien significativo en su vida. ¡Era una cualquiera! Y por cualquiera me podía perder y no le importaba. Yo no le importaba. Para él yo también era una cualquiera. Conté hasta dos, no puede hacerlo hasta más, y le escribí. Le dije que sabía que había estado con otra, él me mintió y me aseguró que era una amiga. Yo no le creí, aunque él me juró que decía la verdad y que si desconfiaba era mi problema. Y ya no me escribió más. Ni yo a él. Todos esos días de amor habían acabado con unas pocas líneas de chat.

En lo más hondo, albergaba la horrible convicción de que yo realmente le gustaba y que quería tener algo más conmigo, pero el hecho de que me hubiera acostado con él la primera noche, ejercía una fuerza que no lo dejaba confiar en mí. En su escala de valores, yo siempre estaría en el podium de una discoteca perreando como esa golfa. Ese día, y hasta hoy, sentía como su gigante dedo acusador me señalaba y me etiquetaba.

¿Era auto-boicot?

No es por justificarlo, pero creo que yo también tuve algo de responsabilidad en ese "engaño". En todo el tiempo que llevo sin pareja negué los sentimientos que pudiera tener hacia alguien porque sólo quería vivir nuevas experiencias. Sin ataduras. Quería probar. Miré hacia atrás y vi que mis señales eran de interpretación única: sexo, cariño, y nada de amor.

Tener relaciones la primera noche era la alerta número uno, pero aunque otras veces tardaba citas en acostarme con un chico, daba señales contradictorias todo el tiempo y supongo que esto los despistaba un poco. Por ejemplo, podía tardar horas e incluso algún día en contestarle un mensaje a algún rollito. También solía irme súper temprano de la casa diciendo que había quedado con amigas, aunque no fuera cierto. Esto lo contrastaba con mimos, besos, abrazos, ricos desayunos y algún halago. Este comportamiento desequilibrado podía ser la causa de las distancias súbitas. Más de uno me dio igual, y yo le di igual a más de uno, está claro, pero a veces me daba cuenta de que alguien me gustaba cuando ya era demasiado tarde...

¿Cómo es que me enganchaba con chicos si me declaraba soltera por voluntad propia? ¿Anhelaba en realidad estar en pareja? Y si era así, ¿a qué se debía ese auto-boicot?

Decidí que dejaría atrás estas tonterías. Saldría con Jimmy y me comportaría bien. O como una persona normal, al menos. ¿Qué era lo peor que me podía pasar? ¿Enamorarme? ¿Casarme en la campiña inglesa, con todos los amigos y familiares a quiénes nosotros les pagaríamos pasaje y estadía por el gran despegue de su banda gracias a mi campaña de promoción para su nuevo disco?

¿Qué sería tan horrible? ¿Atravesar un verde campo en un carruaje tirado por caballos del establo de su familia? ¿Caminar lentamente hasta el altar con pérgola, luciendo un diseño de Vera Wang? ¿Qué pasa? Por independiente que me proclame, fantaseo con mi vestido blanco.

No hay cita

Vi la hora en el laptop. Eran las dos del mediodía, pero aún debía depilarme, comer, hacer algo con las uñas de los pies, alisarme el pelo...

Me levanté de un salto, abrí mi armario y empecé a tirar ropa sobre la cama y a hacer combinaciones en el espejo poniéndome las perchas delante de mí pero con algo de resistencia... Otra vez..

Entonces sentí una angustia que me invadió el pecho. Pensé en si había vivido suficientes experiencias antes de empezar una nueva relación. Revolví mi cajón con menos ansias y un fuerte miedo a perder todas mis libertades estalló en todo mi cuerpo. "¿Y las chicas? ¿Y las noches? ¿Y los chicos? ¿Y los eventos locos de los miércoles? ¿Y los afterwork rooftop parties de los jueves, los vinos de los viernes, las salidas hasta las mil de los sábados, los vermuts de los domingos, la cervecita de los martes...? ¿Y los deportes extraños que cada temporada iniciábamos con las chicas para nunca profesionalizarnos, sólo por hacernos las cool, y conocer más chicos y enterarnos de nuevas fiestas, inauguraciones y vermuts?" Solté la ropa interior que tenía en la mano y me desplomé en mi cama. Quizás, lo de alejar a los chicos no se trataba de auto-boicot, sino que se estaban manifestando mis verdaderos temores. Me imaginé encerrada en una sala de ensayo cada lunes y miércoles con los mismos cuatro de siempre, haciendo de groupie de mi novio, ahí y en sus conciertos de poca monta. El backstage fue increíble la primera vez, pero todo lo que se convierte en rutina deja de serlo. A esa imagen se sucedió la de Jimmy entrando a mi dormitorio, pidiéndome que sacara todos mis libros, borradores, libretas y bolis de entre las sábanas y apagara la luz, que quería acostarse en la cama, MI cama. Tras ésta, vino la de verlo jugar a la PlayStation en mi sofá. Luego, la de estar los dos también en mi sofá, mirando la clasificación de la Fórmula 1 un sábado a la mañana, ¡y la de motos que iba primero! Me impresionó la imagen de pedirle con cansancio que quitara los pelos de la barba de la pica del baño y su retruco con los míos de la ducha. Cocinar y comer era el plan más excitante que me deparaba un domingo en ese futuro ilusorio. Yo no quería eso. "¡No otra vez! ¡No quiero encerrarme en una sala de ensayo, ni en el salón de mi casa! ¡No quiero reclamarle nada a nadie, ni me que reclamen a mí! ¡No quiero volverme pesada! ¡No quiero comer todo el domingo! ¡No quiero volverme gorda otra vez! ¡Me dan igual la campiña inglesa, los caballos y Vera Wang! ¡Quiero estar buena siempre! ¡Quiero todo mi tiempo para ir al gym! ¡Y patinar en la playa! ¡Quiero ser la más cool de los de los afterworks, inauguraciones y vermuts! ¡No quiero que me digan que apague la luz y que me vaya a la cama! ¡No quiero a nadie permanente en mi cama! ¡No quiero dormir! ¡Quiero irme con las chicas de fiesta! ¡Quiero más chicos en mi vida! ¡Quiero ser libreeeee!"

"No voy a ver a Jimmy", suspiré exhausta.

Si querés saber más sobre los amantes de Azul no te pierdas el próximo capítulo, si no te aguantás las ganas de saber cómo termina el San Valentín de Azul y sus amigas pasa al capítulo 11 y vuelve a leer "Little Lovers" al finalizar el libro.

Capítulo 10
Little lovers

Publicado por Azul/Miércoles 15 de octubre

Características generales de los little lovers:

• Tienen una edad biológica (o mental) inferior a veintitrés años.

• Veinticinco años podés esperar a que te inviten más que una cerveza.

• Una lata de cerveza, o dos, será su contribución máxima cuando vayan a cenar a tu casa.

• Grande como una casa es su estómago insaciable.

• Insaciable y descomunal es su apetito sexual (esto sólo aplicable a los de edad biológica inferior a veintitrés años).

- Descomunal es que se lleven pijama y pantuflas a tu casa, pero se han dado casos.

- Se han dado casos en los que compran condones, pero son los menos.

- Menos mimos quiere hasta la más melosa cuando está a su lado.

- Su lado de la cama es un concepto que no manejan, su posición preferida para dormir es siempre asfixiante.

- Si de dormir hablamos, no tienen límite de sueño.

- Tu sueño es que se vayan de tu casa por la mañana, pero no lo harán a menos que los eches de forma evidente, o muy evidente.

- Evidente es que, si no viven con sus padres, su casa es una pocilga.

¿Por qué nos gustan los niños?

Beso, beso, beso, beso, beso, beso, beso, beso. Mmm... cuánto cariño. Abrazos, cosquillas y más besos. Cuánto amor, cuánta ternura. "Qué lindo es todo en el comienzo de las relaciones con los jovencitos recién salidos del nido", me dije un lluvioso domingo otoñal, antes de publicar el post, abrazada a un almohada manchada de rímel, aburrida y sola. ¿Pero qué es lo que buscan cuando eligen a una chica más grande? ¿Y qué buscamos nosotras cuando accedemos a este tipo de relación?

En el caso de Sophie... bueno ella creo que no buscaba nada, Jordi simplemente se le pegó como cualquier bicho raro con los que sale. Luciana quería a alguien que se dejara mimar, y yo alguien que me mimara. Pero, ¿en qué devinieron estos parches afectivos? No tardé en averiguarlo...

Mi *little lover*

Yo añoraba la generosidad de mimos que sólo me había dado quien realmente me había amado. Mi repuesto se llamaba Vic, veintidós años. ¡Soy una abusadora de menores! ¡Lo sé! ¡Lo sientooo! Había llegado de Nueva Zelanda hacía dos meses y se quedaría en Barcelona una temporada jugando para un club de rugby. Esta bestia con cara de bebé, que de maorí sólo tenía unos tatuajes tribales que envolvían su pectoral y brazo izquierdo hasta la muñeca, había traído desde la otra punta del mundo un stock de besos incalculable.

Una vez, cuando estábamos en mi dormitorio tirados en la cama, me dijo que se había propuesto darme un beso por cada peca que tuviera en la cara; yo me reí, porque en ese entonces recién estaba terminando el verano y el sol había hecho que me llenara de estos puntitos marrones. Él se tomó mi burla como un desafío, mi risa se torno carcajada desde el comienzo de la prueba por las cosquillas que me producía. Yo diría que ese día batió su propio récord de velocidad besuquera... Qué ternura me daba esa bestia de metro noventa con carácter de osito mimosín. Y qué divertido era estar con este hiperactivo del cariño. La energía que le ponía a los besos, se la ponía a todo lo demás en este terreno. Sólo había un punto menos emocionante...

—¿Qué planes tenés hoy, Vic? —le pregunté, ya aseada y vestida una mañana.

—Bueno, no muchos... tengo partido a las cuatro —me contestó desparramado en mi cama.

—A las cuatro. Ah. Son las once. Yo voy a ir a la playa con las chicas en un rato —le dije mientras metía las palas y las pelotitas en mi canasta.

—No tengo ganas de playa... Podríamos quedarnos en casa y cocinar algo...

¿"En casa"?, "mi" casa, querría decir.

—En casa. ¿Y qué sabés cocinar, Vic?

—No bueno, yo no sé cocinar mucho... pero puedo bajar a comprar unas cervezas —me dijo tomándome por la cintura y tumbándome en la cama.

—Ah. Es que yo no tengo hambre, terminamos de desayunar hace cinco minutos, además quedé con las chicas. Pero de camino al metro hay un paki que vende durums. Están muy buenos, de verdad... —yo siempre terminaba mis frases con una sonrisa que me salía súper natural, él me revoleaba un cojín de florcitas y comenzaba una guerra que terminaba en amor. Al rato se iba sin rechistar, pero la etiqueta de "mujer cruel" se me pegaba a la frente y no me la podía quitar por un tiempo.

Por eso, para evitarme la pesada tarea de echarlo y el sentimiento de culpa, un día decidí quedarme yo en su casa, así podría volver a la mía cuando quisiera sin tener que cambiar mis planes, como jugar a las palas con las chicas en la playa o no hacer nada en soledad.

Al final la idea no resultó tan brillante como yo creía; lo que vi en su casa quedaría grabado en mi retina y memoria olfativa ya por siempre...

El niñato de Luciana

Desde que Luciana se había separado, no sabía bien cómo ocupar sus domingos por la tarde, ya que hasta su separación, los dedicaba a prepararle a su amor esmerados tuppers para toda la semana. Mientras, ella comía ensaladitas que se improvisaba a último momento. Roberto, con veintitrés años y llegado desde Oporto hacía seis meses, se presentó como un buen sucedáneo del paladar gourmet de su ex.

La noche en que lo conocimos, aquel San Juan en la playa de Sitges alrededor de una hoguera, lo primero que le dijo a Lu era que le encantaban los platos mexicanos. Su rostro imberbe y su mirada de niño no nos dejaban ver si se trataba de un comentario inocente o de una indirecta premeditada. En cualquier caso, esa frase repicó más en los oídos y le iluminó más la mirada a nuestra amiga que el festival de fuegos artificiales esa cálida noche.

Lu me contó que desde ese día, el portugués siempre le decía de ir a cenar, pero lo cierto es que no le invitaba ni los taxis. Ella, que ya tenía el presupuesto de secretaria arruinado a mediados de mes, encontró la excusa para invitarlo al fin a su casa y le cocinó "de re chupete, güey". El menú incluía tamales de frijol y otros de carne dignos de un blog de cocina. A la hora pactada, Roberto llegó arrastrando una maletita marrón y una botella de Ice Tea que apoyó en la mesa como si fuera su casa. Luego, ante la perplejidad de mi amiga, se dirigió al dormitorio para dejar su maleta. Roberto era abstemio, Luciana no, pero no había hecho paquetitos de mazorca de maíz toda la tarde para echar a perder la velada tan rápidamente, así que fingió agradecimiento por el té helado y puso lo mejor de sí y un vino en la mesa para disfrutar de la cena. Pero ni tres cuartos de botella le serían suficientes para llegar contenta a la mañana siguiente...

El no tan "little" de Sophie

El niño de Sophie ya estaba grandecito: treinta y un años, personal trainer de una vecina de cincuenta y su sobrina, pero con intención de ampliar el negocio, o al menos eso le decía a la francesa. Volvía a vivir con sus padres luego de haber estado un año compartiendo piso, una experiencia traumática para él. Mi amiga lo conoció corriendo por la playa de la Barceloneta. Le había llamado positivamente la atención como cada día sacaba de su mochila un tupper con fruta pelada y cortada, otras veces con manzanas o peras asadas, una servilleta de tela y una cajita de zumo de piña. Se sentaba mirando el mar, donde una vela de cristal corta las aguas, y comía tranquilo recuperando energías. "Cómo se cuida" nos decía, "debe de gustarle la cocina...", con su mente nadaba en la ignorancia. Sophie nos dijo que lo veía seguido, pero que nunca se había fijado en él como algo más hasta que el chico lo hizo una mañana y la invitó a compartir su almuerzo en la arena.

—Te llamas Jordi —no pudo evitar señalar una cintita con su nombre cosida al interior del polar, pero logró contener la risa lo justo para que el chico no se diera cuenta.

—Sí, mi madre, que como a veces me voy con los scouts... para que no se me pierda, saps?

—Ahhh... scouts, qué bueno. ¿Pergo eso no es de niñós?

—No, bueno sí, pero igual me dejan ir. Ayudo a los guías y eso, saps?

—¡Buenísimo! Yo una sola vez vi un grupo de scouts cuando fui de campamentó, estaba lleno de bichos rargos. No lo digo por los scouts, eh. No. Me refiergo a los insectos, por eso no me gusta acamparg —el inconsciente traicionó a mi amiga, no la culpo, con semejante espécimen en frente suyo...

151

Yo pensé que el catalán formaría parte de esa extensa lista de chicos con los que Sophie se deja llevar a comer, a tomar un helado, a caminar por la playa... y sin dar ni un beso. Pero me equivoqué, Jordi fue de los afortunados que pasó el filtro de las muchas citas. ¡Y sin gastar un céntimo!

A ordenar, a ordenar, cada cosa en su lugar...

Mi hermoso y mimoso oso cosquilloso vivía en un foso. En un foso asqueroso; asqueroso, roñoso y pringoso, con el suelo fangoso. En un foso asqueroso, roñoso y pringoso, con el suelo fangoso y con más osos; olorosos; con cuantiosos osos olorosos. ¡Era incomprensible cómo siendo tan pulcro él, podía vivir así! Aguanté mis comentarios, mis expresiones faciales y mi respiración durante unos segundos. Después le dije de ir a dar una vuelta, que el día estaba lindo; él me dijo que recién llegábamos y empezó con lo de los besos, indiferente al entorno. A mí sus besos compulsivos me hacían cosquillitas como siempre, pero reírme y no respirar era como estornudar con los ojos abiertos, imposible. La fusión de besos y olores sería irreversible en mi cabeza si permanecía en esas condiciones por más tiempo, así que le propuse hacer un poco de orden. Con tacto, eso siempre.

—Vic, ese montón de ropa que está sobre la cama, ¿está para lavar?

—Más o menos...

—Más o menos. ¿Y qué te parece si la llevamos al lavadero? Ya que estamos podríamos llevar ese calcetín de ahí arriba, las tres camisas que cuelgan del picaporte y... ¿las sábanas...?

—¡Jaja! Es un poco un lío...

—¿Un lío?, ¿un poco? Esto es quilombo. Ordenemos ya o me voy a mi casa... osito roñosito... —y cerraba la frase con mi sonrisa súper natural, pero me puse tensa temiendo que me tirara con algo porque en ese dormitorio no había ni almohadones de florcitas ni nada que quisiera que rozara mi cara.

El chico decía esforzarse por cambiar sus hábitos, y no es que yo no lo apreciara. De hecho, me daba ternura que él me mostrara con orgullo sus progresos cuando me dejaba caer por su casa. Bueno, en realidad fue sólo una vez más y por pedido suyo. La segunda visita fue la última y definitiva.

El que no necesitaba que le hicieran avioncito

Luciana me contó que esa noche Roberto hizo los honores con los tamales de frijol exclusivamente, y que los elogiaba entre bocado y bocado. Los engulló todos menos uno que pudo rescatar mi amiga. Ella no sabía como decirle que sería buena idea comer menos de los de legumbres, así que se limitaba a mirarlo aterrorizada presagiando lo inevitable. Cuando terminaron de comer, empezó una interminable rutina amatoria, según Lu, de cadencia de conejo. Desde ese momento para el grupo de amigas pasó a llamarse "Robert Rabbit". Al finalizar, "the rabbit" se durmió al instante, ocupó gran parte de su cama, y roncó y liberó flatulencias de forma intercalada toda la noche. Recién a las doce del mediodía abrió los ojos y se sorprendió por el olor que había en el dormitorio. Acto seguido se le escapó un gas, se rió, y dijo "perdão", que a Lu le sonó a "pedo". Luego, la agarró sin complejos para otra ronda de amor. El portugués era desastroso como cita, pero Luciana volvía a sentirse amada y gastronómicamente valorada, así que hizo de tripas corazón, y se entregó al luso a todo pulmón.

—¿Qué planes hoy, Roberto? —le dijo mi amiga una vez lo pudo sacar de la cama.

—No, no flengo flanes... ¿Y túh? —contestó masticando tamales de carne que agarró de la nevera.

—Bueno, quedé con mi sister por la tarde...

El portugués esquivó la indirecta:

—Por la tarde... hay tiempo para un poco mais de amor...

—Recién salimos de la cama, güey, y acabamos de desayunar...

—Sí... ¿pero no tienes un poco de hambre? ¿Qué tal te salen las quesadillas? Mmm... —La amplitud de la sonrisa de Robert Rabbit era inversamente proporcional a la de la boca de Lu.

—Ehmmm... bueno, es que quedé con mi sister...

—Ok, ok... Nos podemos ver esta noite. ¿Me paso sobre las nueve y cenamos aquí, juntos? —La abrazaba y la llenaba de besos al tiempo que hablaba y masticaba.

Era domingo, así que Luciana le dijo que sí, pero se dijo que le cocinaría algo rapidito, unas quesadillas y ya está.

—Una pregunta —le dijo Robert Rabbit al despedirse—, vi que no has tomado Ice tea a noite passada, ¿te importa si me llevo lo que queda?

Suficientes dibujos por hoy

Al menos Robert se había pagado su propio té helado y su exactísima parte en las salidas con Lu. Sophie no tuvo tanta suerte con Jordi. el catalán se hacía el sueco y se aprovechaba de que Sophie tenía tickets restaurante y de que a ella le daba corte decir "no" cuando él le insinuaba que sacara el talonario. Otras veces, se invitaba a comer a su casa y no llevaba ni un Ice Tea. Por las mañanas, naturalmente, tenía los mismos inconvenientes que nosotras, pero sus despertares la encontraban menos satisfecha ya que el corredor iba igual de rápido en el cemento que en la cama, y la que nunca llegaba a meta era ella. Al menos la eterna paciente encontraba impulso en su insatisfacción para resolver este problema...

—¿Qué planes hoy, Jordi? Yo tengo cosas que hacer.

—No mucho yo... ir a correr a la playa quizás... pero más tarde —le respondió haciendo zapping desde la cama.

—Ah.

—¡El Correcaminos! Yo en casa no tengo este canal... Podemos ver la tele y comer algo. Luego vamos a correr. ¿Quieres?

—¿Comerg? ¿Ahorga? Si todavía ni te has acabado el desayuno...

—Ya, pero tendremos hambre en un rato. Puedes hacer pollo a la plancha como el otro día. No estaba mal, pero mi madre le pone limón para que se dore un poco, saps? ¿Tenemos limones?

—Pues que te cocine tu madrgé, Jordí. Y tengo cosas que hacerg. Tienes que irgte.

—Vaaaale ¿Puedo quedarme a ver sólo este capítulo?

—No.

La paciencia tiene un límite

"'¿Puedo hace esto?', '¿me dejás hacer lo otro?', '¿me cocinás?!'. ¿Cuándo se nos viene a la cabeza esa frase que nos decían nuestras madres: 'mi paciencia está llegando a su límite'? ¿Cuál es ese límite y cuándo se corta este tipo de relaciones materno-filiales?", me pregunté aún atrapada por las sábanas y el mal clima que veía desde la ventana.

En el caso de Lu, pronto. Ella era capaz de picar cebolla hasta que los ojos se le deshicieran en lágrimas, reprogramar sus fines de semana y aguantarlo en la casa a cambio de sus besos y elogios los domingos y hasta le preparaba el tupper para el trabajo del día siguiente, pero había algo a lo que se resistía. La última vez que fueron a un restaurante ella se negó a pagar sus diez euros de menú; entonces el portugués se hizo el gallito, la acusó de machista y le dijo que no era lo bastante mujer para él, se levantó, se fue airoso y nunca más se volvieron a hablar.

La pobre Sophie, con dificultades para asumir que tiene sentimientos malos hacia otras personas, hacía ya dos meses que toleraba su situación. Hasta que un día Jordi no tuvo mejor idea que preguntarle por qué no planchaba las sábanas, que su madre lo hacía en dos minutos y quedaban muy suaves. Sin mediar palabra, le tiró la chaqueta y la bufanda, que reconoció como suyas, antes por las cintas con el nombre, que por las prendas en sí, y le dio pistoletazo de salida para siempre. Así, terminó aborreciendo a los hombres que viven con su madre habiendo pasado los treinta.

En mi experiencia personal, el límite lo crucé poco después de la gran revelación en la casa del oso hermoso y mimoso pero perezoso y un poco mugroso. Vic decía que intentaba cambiar para complacerme, pero la naturaleza de su comportamiento osezno seguía ahí. Las pilas de ropa por todo su dormitorio, la pila de platos sucios en la cocina y la media pila que les faltaba a todos los que vivían en su casa para hacer un poco de orden y limpieza me resultaban intolerables. Yo ya había sido "casi" así y me había superado, no tenía porqué padecer el proceso de maduración de otro, por lo que lo nuestro, al igual que todo lo que había dentro de su nevera aunque él lo ignorara, tenía fecha de caducidad. También, debo reconocer, que conocer el fin de semana siguiente a Jimmy ayudó a que me olvidara de Vic. Pronto me di cuenta de que, si bien me encantaban los mimos en abundancia, muchos menos me saciarían si venían de un hombre y no de un niño.

Pero este aburrido domingo de clima adverso, debo decir que, por su carácter libre de problemas y su entrega y diversión sin complejos, echo en falta más al segundo que al primero, aunque me caiga en casa con el estómago rugiendo y sólo dos latas de cerveza en la mano.

Capítulo 11
San Valentín –Parte III

¿*Single* o en pareja?

Blanco. Todo mi campo de visión era eso. Desmoronada boca arriba en mi cama. Desmoronadas también mis convicciones sobre el dilema eterno: ¿single o en pareja? Una gota se coló por mi lagrimal sin permiso. Me resultaba tan fácil hacer teorías que me llenaran de orgullo y satisfacción como tirarlas por tierra. Estas idas y venidas implicaban un coste de energía importantísimo, para luego dejarme en la duda más profunda otra vez. Tras haberme visualizado con la cama y la vida copada por alguien más, tenía claro que no quería una pareja, ¿pero cuánto me duraría esa certeza? Menos que de costumbre. ¿Qué daría vuelta mi teoría y qué tipo de emociones me traería este nuevo giro? Estaba a punto de descubrirlo...

Caí en la cuenta de que todas mis amigas tenían plan para ese día y que sería mi sábado más patético de todos, así que recurrí al sistema de listas para ver si conformaba a mi ego con una cita, aún a riesgo de enamorarme, que Jimmy me correspondiera y volver a estar de novia otra vez. Qué rápido volaba mi imaginación...

Por qué salir con Jimmy:

1. Tras la confirmación de que quería estar soltera, como cada vez que llegaba a esta conclusión por una u otra vía, me contentaba con la idea de que mi vida era como un lienzo en blanco listo para ser pintado con nuevas experiencias. Pero a la vez, muchas historias del pasado me habían dejado... no sé si vacía, pero sí indiferente, como si hubiera perdido mi tiempo.

2. Estoy cansada de explicar mi extraño árbol genealógico una y otra vez a gente que finge interés; y de fingir interés por conocer el ajeno. Jimmy tiene padres casados y dos hermanas de las que me sé hasta los nombres y edades y, lo más importante, ya entendió mi estructura familiar.

3. Sexo seguro. Quiero decir "garantizado", porque seguro lo tengo siempre. Estabilizar un poco la libido me estabilizaría las emociones y tendría energía para cubrir otras necesidades del tipo... ¿profesional? Organizaré mis emociones al servicio de la razón. ¡Qué práctica soy!

4. Esta vez podré controlar mi tendencia a la dejadez. Al final de cuentas yo ya tuve novio; ya engordé y adelgacé;

ya dejé de ser espontánea y recobré la chispa; ya me amoldé a los gustos de otros y conozco los míos propios.

5. Jimmy me acaba de enviar un mensaje sobre el plan de las "burgers" y me di cuenta de que me gusta. Mucho me gusta. Me gusta cuando habla raro. Me gusta sentirme pequeña en sus fuertes brazos. Me gusta que me diga "bonita". Me gusta su sonrisa cuando improvisa un par de baquetas con cualquier cosa alargada y la cara de concentración que pone al tocar ritmos en cualquier superficie. Me da ternura y quiero besarlo, abrazarlo, hacernos el amor. Mirarnos, sonreírnos, volver a besarnos y seguir haciendo el amor.

6. Tengo miedo a quedarme sola en esto de la soltería. Más bien terror. ¿Y si todas mis amigas se ponen de novias de repente? ¿Y si ninguna me secunda en esto de ser single? Porque no hay forma de convencer a mis amigas de los beneficios de este estado civil...

Éxito en el blog

Mi móvil captó mi atención justo al acabar la larga lista.

Belén: —Guapa, ¡qué guay el post que acabas de colgar! Pero ni seudónimos le pusiste a Moritz... ¿Se te pasó o qué?

Azul: —Sí, no sé, después lo cambio...

Camila: —Cuidado, ¡que no se te pase nunca con los nombres de los nuestros ni con nosotras!

Belén: —Sí, casi me muero, menos mal que cambiaste mi nombre y el de Santiago (emoticono de El grito)

Azul: —Sí... son personajes... Tranqui, están a salvo

Sophie: —Veo que has comprendido lo que te ha dicho la bruja. Y cómo es que tienes tantos nuevos seguidores hombres?

Azul: —Publiqué este post también en inglés e hice una campaña de Facebook. Unos banners... Parece que va a funcionar! Yeah!

Camila: —Yo tendría que hacer lo mismo con mis pinturas. Cómo lo hacés? Quién ve estos anuncios?

Azul: —Chicas, perdón, tengo que seguir con el blog. Hablamos luego. Beso.

Tuve que mentirles. Qué preguntona estaba Camila... además yo tenía que prepararme para mi cita con Jimmy. No le iba a decir nada de esto a mis amigas porque se iban a poner en contra y, ahora que había tomado una decisión, no quería que me marearan. Por otro lado, pensé que si la bruja no se refería a que soltara mis emociones con él, y si esa revelación que sentí sobre el blog no era real, lo sabría pronto.

En ese momento me llegaron otros mensajes, pero no de mis amigas; dos seguidoras de hace tiempo y un chico nuevo. Me reí un montón con el mensaje de MaryH. Infinit comentaba en el post sus historias más fugaces, pero con un tono tan gracioso... InLove81 me felicitaba por mi vuelta y el chico, un tal M4br, me enviaba un email en inglés. Me decía que se había emocionado mucho con "Vuela, vuela" y me hacía la pregunta que me hacen siempre: si todo lo de la historia era cierto. También, me decía que pronto viajaría a Barcelona a verme. Si las cosas no me salían como las tenía planificadas, al menos estaría este chico, pensé y me reí. Pero como se estaba haciendo tarde para mi cita, le contesté rápido, además tenía que centrarme en Jimmy.

La cita

¡¿En qué momento se hicieron las seis de la tarde?! ¡Y qué hambre! Me comí una ensalada, me depilé, me hice las manos y los pies, me pasé la planchita del pelo, y ya era la hora de salir. ¡Ya era la hora! ¡Iba a ver a Jimmy de nuevo! ¡Qué nervios! No puedo decir que la seguridad se me saliera por los poros, pero mi little black dress, los botines negros de taco ancho y mis uñas pintadas de rojo harían ese trabajo por mí.

Bajo el fuego de pebetero, frente a la Catedral del Mar, me esperaba él con puntualidad británica enfundado en su chaqueta de cuero negra, su sweater blanco de cuello vuelto que me encantaba, una bufanda larga y sus pitillos desgastados. Me saludó con un fuerte beso en la mejilla, me agarró de la mano y me guió por los adoquines hasta atravesar la plaza. Las luces de los bares, las farolas y los coches iluminaban nuestros pasos esa noche encapotada.

Hacía el frío justo como para que tuviéramos la excusa de abrazarnos cada pocos pasos, así que yo levantaba los hombros y ladeaba la cabeza en cada oportunidad para que me envolviera en sus brazos. Las palabras sobraban y a base de algunos pocos gestos llegamos al restaurante. Bueno, a la hamburguesería.

El bullicio del pequeño lugar y el olor a carne recién sellada, no lograban distraerme de sus labios, pero sí de sus palabras mientras esperábamos la comida. De ternera, brie, cebolla y pimientos verdes fue mi elección. De pollo con no sé qué más y patatas fritas, la suya. Yo me reía para mis adentros porque le dije que no quería patatas, pero me las fui comiendo casi todas. Él no me decía nada, pero creo que no le entusiasmaba mucho la idea. Lo que a mí no me entusiasmaba tanto era que él era medio asqueroso para comer: se le quedaba el ketchup en la comisura de la boca, se le caían migas y se enchastraba las manos. Yo, como toda lady, me comí sólo la mitad de mi hamburguesa, la otra no tardó Jimmy en preguntarme si se la podía comer. Qué glotón, qué lindo...

Yo no sé si se daba cuenta o no, pero por cualquier tontería que decía, por poco graciosa que fuera, le daba una palmadita en el brazo, me tocaba el pelo, me mordía el labio... ¡¿Cuándo me pensaba besar?! Nuestras mieles tendrían que esperar para juntarse, ya que sacó el móvil y empezó a mostrarme fotos de su banda. Unas que había hecho para el disco que pensaban sacar, otras de un concierto y otra suya en un ensayo. Sale tan lindo siempre... hasta sacó los auriculares de un bolsillo de la chaqueta que colgaba del respaldo de la silla y me hizo escuchar su último tema mientras usaba como baquetas los cubiertos de madera que había en la mesa. No sé si era bueno el tema o no, porque no me acuerdo, tampoco me acordé de escucharlo mientras se reproducía, sólo quería que me besara. Y yo no lo iba a hacer. Se tendría que esforzar un poco si quería algo conmigo otra vez. Igual me pasé la mano por el pelo como veinte veces a ver si captaba la indirecta, pero por como tenía las manos después de comer dudo que fuera muy sexy...

Pese al cobijo que nos daba el restaurante esa noche invernal, al poco de terminar la cena, salimos a dar una vuelta. En la primera esquina, bajo una farola del Paseo del Born, con la excusa del frío, me abrazó, me dio un beso en la mejilla, otro más cerca de la boca, y al fin nos besamos. Cuánto había fantaseado con esto en el último año a escondidas de mis amigas y de mi orgullo. Con los ojos cerrados vi todos los tonos de rosas que existen. Entre sus brazos y sus labios, casi flotaba. Abrí los ojos e hice un guiño al cielo en señal de agradecimiento por ese momento mágico. Ahhh... Yo esperaba prolongar ese día de los enamorados paseando de la mano y cerrando bares, pero en cambio, habiendo caminado sólo dos calles, con un "¿vamos a tu casa, bonita?", dio por concluido el paseo. No encontró en mí ni una negativa, no le negaría nada esa noche.

Love, love, love

Ni bien pasamos la puerta de casa, dejó a un lado los formalismos que había guardado hasta el momento, me alzó por debajo del vestido y, con mis piernas abrazadas a él, comenzó a besarme de la manera en que los dos veníamos ansiando toda la noche.

A tropezones, llegamos hasta el salón. Se sentó en mi sofá y yo lo hice sobre él. Con una de sus manos bajó el cierre de mi vestido que iba desde la nuca hasta el final de mi espalda. Sin bajármelo, desabrochó el sujetador y el roce con la yema de sus pulgares en mis pechos me estremeció al momento. Uno a uno y con algo más de calma, desabroché yo los botones de su camisa para dejar al descubierto su amplio pectoral. "Azul..." salió de su boca como un suspiro. Con mi índice, acallé el mensaje, y con éste tracé un recorrido en línea recta pero lentamente, muy lentamente, desde sus labios hasta debajo de su ombligo. Nos miramos, sonreímos y nos descubrimos los dos mordiéndonos el labio inferior. Yo me arrodillé en el suelo y, tras quitarle el cinturón y bajar la cremallera de sus jeans, por primera vez, le di placer con mi boca. Enseguida, cambiamos de posición, yo reclinada en el sofá abrazaba su boca con mis piernas. Él me besaba como si de mi boca se tratara, mientras hacía presión con su índice que entraba en mí para retorcerme de placer. Antes de que un último gemido me diera por satisfecha, lo aparté, hurgué en el bolsillo de sus jeans y, como siempre, encontré un condón. Lo abrí. Con mis labios presioné la puntita y lo posé, y mirándolo a los ojos, con todos mis dedos presioné hacia abajo. Apenas lo había colocado cuando sentí que me levantaba de un tirón. Me terminó de quitar el vestido y la ropa interior, me alzó y me hizo suya contra la pared. Yo me agarré con mis uñas a sus fuertes hombros y me abandoné al éxtasis. Estuvo a punto de venirse, o eso creí, cuando se apartó de mí sin previo aviso. Luego, de espaldas a él, me dirigió hasta el baño. Frente al espejo de la pica, él detrás de mí, me tomó un pecho con una mano, mientras con la otra ladeaba mi cabeza sujetándome por el pelo y besaba mi cuello. Sentí como su respiración se agitaba más y más. Entonces se hizo otra vez con mi cuerpo.

Los dos queríamos que ese placer fuera eterno, así que lo volvimos a prolongar al separarnos por unos instantes. Luego, me alzó en brazos y me llevó a mi dormitorio donde me dejé caer en mi cama. Él, acostado arriba mío, me apartó el pelo que caía sobre mi cara, lamió mi labio superior e inferior suavemente, yo mordí el suyo y él me besó con fuerza mientras recorría mi cintura y caderas con su mano. Después, bajó hasta mis pechos donde su lengua y sus dientes me provocaron unas dulces punzadas. Con mis manos lo guié otra vez hasta quedarnos enfrentados. Él dentro de mí, casi inmóviles, permanecimos abrazándonos, acariciándonos y dándonos besos suaves durante una eternidad, hasta que nuestros latidos se acompasaron. Retomamos una cadencia lenta, hasta que invertí la posición quedando yo sobre él y meciéndome a diferentes ritmos. Así, la lujuria se volvió a apoderar de los dos. Luego él se volvió a poner sobre mí. Nuestros cuerpos resbalaban en un sudor ligero, cuando nuestros gemidos nos indicaron que estábamos llegando al punto cúlmine. Entonces, se metió un dedo en la boca, y tocó donde yo sentía más placer, primero con suavidad y luego más de prisa, hasta que los últimos suspiros abandonaron nuestros cuerpos. Me miró a los ojos, me besó, y lentamente se apartó de mí.

Buscamos el contacto el uno con el otro hasta que el sol me despertó.

Odio, odio, ¡odio!

Jimmy estaba acostado a mi lado bocabajo, grande y hermoso. Qué frío tenía. Acallé un estornudo. Con cuidado intenté hacerme con un trocito de edredón, pero lo tenía todo retorcido en su cuerpo. Aparté su brazo de mi pierna y me incorporé sin moverme demasiado, por no caerme, ya que no me había dejado demasiado espacio, y por no despertarlo, se veía tan lindo en mi cama.... —¡Achís! —se me escapó un fuerte estornudo y se despertó.

—Good morning, bonita —me dijo entre bostezos y abrazos.

—Qué frío hace, ¿no? —le solté la indirecta mientras agarraba unos Kleenex de la mesita de noche.

—Sí, deberías comprar un edredón más grande. Y otra almohada, es incómodo dormir con un cojín —dijo y me apretó a su cuerpo.

Su comentario me puso a la defensiva pero intenté suavizar mi respuesta.

—Me encanta mi edredón y a mí me tapa bien cuando nadie me lo quita —Me reí de costado.

—Todo tuyo —me dio un pico y se levantó para ir al baño.

Yo me tapé hasta los ojos ni bien salió del dormitorio.

¿Qué hacía él diciéndome cómo tenía que tener mi cama? ¿Y qué pasaba conmigo? ¿Era yo incapaz de compartir con alguien que me gustaba? ¿O quizás me había vuelto un ser huraño que buscaba la soledad con excusas tontas como la del edredón? En de medio estos interrogantes, volvió.

—Te veo cómoda, ehhh —me guiñó el ojo.— Es muy tarde —dijo al ver la hora en su móvil que estaba sobre mi mesita de noche.— Me voy que he quedado con la banda para un ensayo. ¿Nos vemos a la noche, bonita? Podríamos pedir pizza...

¡¿Ya se iba?! Eran las nueve de la mañana... ¿Yo era huraña o se trataba de mi inconsciente reclamando un poco de dignidad?

Mientras él se vestía sin mi consentimiento, hice un breve repaso de la noche anterior, ya libre de obnubilaciones. Ya no veía el mundo en los diferentes tonalidades de rosa, Jimmy le había puesto un filtro blanco y negro a la situación. Había vuelto después de un año aproximadamente, sin ningún tipo de explicación. Me llevó a una hamburguesería en San Valentín, ¡ham-bur-gue-se-ría! Además, a mí me gustan los churrascos, no las hamburguesas. Pero claro que no lo sabía, porque se limitaba a hablar de él, me mostraba fotos suyas y me hacía escuchar su música. Otra, al salir de la hamburguesería, me encantó que me abrazara, pero al menos me podría haber prestado su bufanda, con ese sweater de cuello vuelto tenía ya bastante abrigo. Para seguir, en la esquina ya me dijo de ir directo a mi casa, directo a mi cama. Para peor, después de hacerlo se durmió y ocupó casi todo el espacio. Por último, en algún momento de la noche, dormido o despierto, me da igual, me robó mi edredón. Ahora estaba resfriada por su egoísmo. Pero la perla fue haber planificado un ensayo a la mañana siguiente de nuestro reencuentro.

—Me voy, bonita...

"Andate. Andate y que no se te ocurra volver con pizza esta noche porque te juro que te la revoleo por la cabeza.

Y yo no como carbohidratos por la noche. ¿Qué querés, que me parezca a la chancha de tu batería? Yo no soy eso, yo soy un alegre cascabelito, o al menos lo era hasta que vos me escribiste el viernes. ¡Fuera de mi casa, de mi cama y de mi vida!" —pensé, pero estaba tan desbordada de emociones que sólo pude decirle con sequedad que mejor esa noche no, que tenía que madrugar el lunes. Acepté un beso suyo y lo dejé ir. Ya le diría más tarde, u otro día, que ya no me interesaba estar con él.

Capítulo 12
Domingo 15

Con amigas es mejor

Tenía toda la cama para mí y estaba hecha un ovillo en una esquina... ¿Cómo me podía haber pasado las últimas horas dándole vueltas a si escribirle a Jimmy o no, si quedar con él o no...? ¿Cómo pude darle mis lágrimas, mi tiempo, mi espacio, mis dudas, mi cuerpo...? i¿Cómo llegué a fantasear una boda con él?! Me sentí ridícula... Salté de la cama y cambié la sábanas en tiempo récord, como si con eso fuera a borrar las últimas horas.

Me hice unos mates para despejarme y agarré el móvil, a ver qué hacían las chicas. Tenía tantas emociones dentro que necesitaba soltarlas ya. En el chat del grupo leí un adelanto del San Valentín de Luciana; pobre, no debí juzgarla así... Luego, vi que se juntaban en la playa de la Barceloneta, así que no tardé en ponerme mi vestido gris oscuro en plan luto, mi chaqueta de cuero bordó, y bufanda y guantes de lana por si acaso al sol se le ocurría no calentar, cosa bastante posible en estos días en que el mundo me llevaba la contraria. Me calcé los patines y salí a ver qué historias me contaban mis amigas ahora que Cupido se había marchado. ¿O todavía seguiría revoloteando...?

Caminaba por la arena sin poder quitar la vista de mis amigas. Estaban todas en el maxi-pareo de Camila desenredando los hilos de una cometa enorme con un montón de colores y flecos. Todas menos Belén, que leía la Cosmopolitan a un lado. Nunca había remontado una cometa así que me entusiasmó la idea. Repartí besos y me puse yo también a ayudar. Por lo visto, se la había olvidado Santiago en el piso de ellas el verano anterior, era lo único suyo que quedaba en su casa, así que Belén se alegró de que Sophie quisiera traerla, con suerte, la perdería de vista.

Ya estaba ahí, sentada con las chicas, lista para soltarlo todo, pero qué corte me daba lo de Jimmy. ¿Cómo empezar? "Me dijo "bonita", después salió con lo de ir a comer "vergas", ¿se acuerdan? Jaja... Y claro, él es tan divertido y ocurrente que tuve que decir que sí...". No, eso me haría parecer demasiado débil. No puedo perder el respeto de mis amigas así nomás...

—Qué cara, Azul... —Camila siempre te sacaba información con disimulo.

—¿Quedaste con Jimmy? —Belén, no.

—Ay chicas... Es que me invitó a cenar —me excusé mientras hacía espirales en la arena con una ramita—. Yo primero me negué, pero él fue tan insistente que le tuve que decir que sí. Me citó en el pebetero del Born, muy romántico me pintaba todo. Cómo resistirse... —Y cerré el comentario con una una sonrisa de mentira.

El rugir de las olas me dio la opinión de mis amigas.

—¿Y adónde te llevó? —la mexicana cortó el silencio.

—A la hamburguesería que está por la Estación de Francia... —dije bajito, pero me escucharon igual.

—¿A dónde? —me interrogó un coro.

—Yo no lo sabía. Sólo me había dicho de ir a cenar.... —mentí, pero del resto conté la verdad.

Les conté la noche al detalle, y di mi veredicto con el que esperaba contentar a mis amigas y a mi orgullo:

—No vuelvo a ver a Jimmy nunca más. Es egoísta, egocéntrico, presumido y encima quiere cambiarme —apuñalaba la arena con la rama.

—Bueno tía, un poco gilipollas sí que es y lo de que se fuera pronto la verdad que no mola. Aunque tú le confirmaste a último momento...

—Y lo de la bufanda... caminaron sólo dos cuadras. Otra cosa, fue él quién volvió a contactarte después de tanto tiempo. Ya hizo algo dando el primer paso —Camila también lo defendía.

—Sí, sí... —dije con la mirada clavada en la arena.

—Ahora, lo de la cama es una paranoia tuya, tía... Te habrá sacado el edredón sin querer.

—Mi teoría del edredón la sostengo a muerte.

—Azul, no puedes esperar que vuelvá y te entregue todo su amor. Espergá a que pasen los días, y vé cómo funcionan juntós... —Sophie dibujaba un corazón en la arena con sus dos manos.

—Pero a ver, si ustedes no lo soportan, ¿por qué no se ponen de mi parte? ¿Por qué no me dejan odiarlo en paz? ¿Y saben lo que ronca?

—¡Ódialo amiga! ¡¿Citarte en una hamburguesería?!

Al menos la mexicana estaba de mi parte, daba igual por qué razón fuera. Pero... ¿hacía bien en ser tan determinante? Si tengo claro que algo no me gusta, ¿por qué esperar a ver qué pasa? ¿Cuándo un "algo" es intolerable y cuándo un rasgo de personalidad aceptable? ¿Me estaba volviendo muy quisquillosa con lo de mi espacio?

Cupido haciendo horas extra

Aunque mis amigas me contradijeran, en sus palabras sinceras sentí el calor de quien te quiere bien. Lo que vino después fue bastante ñoño, pero necesario para mí. Les agradecí por estar siempre a mi lado y aguantar mis locuras de cabeza y corazón. Todas dijimos palabras lindas sobre nosotras y horribles sobre los hombres y nos dimos un abrazo grupal. Saqué el móvil para retratar ese momento y con cara de asco y al grito de "puto Cupido" tomé una foto. Todas mirábamos la pantalla del móvil para ver cómo había salido, cuando llegó un mail del chico que me había escrito en el blog el día anterior. Cupido, guapo, ¿no te tocaba ya volver a corazonlandia y darme un respiro...?

—¿De dónde salió este pibe?

—Ni idea, me escribió de la nada —mentí. Me daba vergüenza reconocerlo, pero por las dudas de que la bruja no me estuviera diciendo que la segunda oportunidad iba a ser con Jimmy, tracé un plan alternativo para mi San Valentín: tras su vaticinio, y una revelación que tuve cuando estaba con lo del blog, no sólo publiqué "Vuela, vuela" en inglés y no usé un seudónimo, sino que, además, hice una campaña en Facebook por el mismo valor de la consulta de la bruja: diez euros. Estaría visible sólo hasta las doce de la noche del catorce de febrero. Por último, elegí mi público al detalle: hombres de treinta años que vivieran en Munich, los únicos datos que tenía de Moritz. Había muchas posibilidades de que él lo viera. Si él era para mí, me contactaría. Pero no pasó. Ay Moritz... por vos cambiaría mi edredón, y te daría tres cuartos de mi cama, pensé y me reí, pero por dentro me daba tanta pena que no hubiera funcionado... ¿Era mi destino estar sola?

—¿Y qué te dice? —Belén fue la primera en preguntar.

—Que está acá, en Barcelona, y que si nos vemos... ¿Viajó ayer? ¿Hoy?

—Qué miedo...

Con las chicas, decidimos por unanimidad que era mala idea contestarle porque primero que ya parecía medio psycho eso de viajar hasta acá para ver a una chica que no conocía... Y segundo, yo no estaba para nuevos romances hoy. Sólo para quedar bien con un seguidor, le dije que no podía verlo, que estaba con amigas y le mandé la foto de la playa como prueba. Aparcamos este tema y comenzó la ronda de anécdotas que nos había dejado el día anterior.

Tras escuchar la indignante postura de Santiago con Belén, la extraña suerte de Camila, lo desopilante del cuento de Sophie, y el melodrama de Luciana, tuve la necesidad de agarrar la cometa y evadirme un rato. Me costó un poco levantarla, por suerte, Sophie me ayudó y conseguí hacerla planear por aquel cielo despejado. Me puse en puntas de pie, a ver si el soplido me remontaba unos milímetros de la húmeda arena. Me di un suave impulso... ¡y sí! Pero justo el viento bufó tan fuerte que casi la pierdo; entonces Luciana y Camila se levantaron para intentar bajarla conmigo, lástima que de un tirón se soltó de nuestras manos. Mientras se alejaba, Belén la miraba desde el pareo encendiendo un cigarrillo; Sophie la despedía con la mano y un au revoir!; Luciana la corría como loca paralela al mar con las olas heladas dándole en los pies descalzos y Camila la seguía rezagada, dando saltitos por la temperatura del agua. Yo, que ya iba de camino a sentarme en el pareo, pensé: "¿Si la cometa fuera el amor, qué relación guardaría con nuestra actitud? ¿Debería considerarme "derrotista" por estar de vuelta en el pareo encendiendo un cigarrillo de Belén cuando ni siquiera fumo?" Luciana interrumpió mis interrogantes al tropezar con un castillo de arena abandonado. Camila la ayudaba a levantarse cuando vino una ola que las empapó a las dos. Chapoteando y enredadas en sus propias bufandas y abrigos se caían una y otra vez. Qué risa... No tenía mucho más que hacer que mirarlas, a ellas y a la cometa, así que mientras me divertía con la escena, cigarrillo en mano, puse a prueba la teoría de la cometa y el amor, tomando como referencia pasional lo ocurrido en nuestras horas previas.

La elección de Sophie

Sophie nos contó que, tal como lo venía planificando, el día anterior había visto a Rogelio Quintana, el que le daba a las cuerdas, pero muy cuerdo no estaba... Todas lo supimos la otra tarde en la pastelería, cuando nos contó que la había citado en una nave industrial. Pero al parecer, esta vez se había superado y había cambiado el sitio por un hospital ocupa en el desolado barrio de Trinitat Nova —en comparación a éste, Jimmy era James Bond—. La pobre Sophie, al salir del metro, vio edificios vacíos, obras en construcción y calles anchas por las que no pasaba ni un coche y temió por su integridad física... Pero cuando se vio subiendo sola esas oscuras cuestas para encontrarse con Rogelio, temió por su integridad moral. Móvil en mano, intentaba orientarse, pero se perdía más de lo que se encontraba. Con quince minutos de retraso llegó al hospital y lo esperó otros quince más sentada en la entrada, cuya única iluminación era una bombilla intermitente meciéndose desde el techo. Cuando al fin llegó Rogelio, la abrazó, se disculpó por su retraso y la agarró de la mano para internarse por los pasillos del tétrico edificio. Había casi un centenar de personas en lo que ellos denominaban "fiesta". Tenían equipos de música, bebidas y drogas de las que no se suelen encontrar en un hospital en funcionamiento. Subieron a la cuarta planta y ahí, en un grupo con gente tocando la guitarra, el violoncelista encontró a sus amigos. La rubia, rodeada de tanto rasta no se sentía ajena, pero tampoco llegaba a entender cómo la había citado en un lugar así. Entre canciones de paz de Bob Marley, Sophie buscaba guerra y le daba tiros al único canuto que rulaba en esa ronda; así juntaba valor para acercarse a Rogelio. Él sólo le ofrecía risas, abrazos y miradas de soslayo entre canción y canción. Recién a las siete de la mañana, la francesa perdió toda esperanza y le dijo entre risas que se marchaba a casa. Fueron juntos hasta el metro y, en el andén, Rogelio le dio un beso que Sophie aceptó a carcajadas. Pero una vez pudo parar, se tomó toda la situación en serio. O todo lo en serio que podía. Con el colocón que tenía no podía articular ni una palabra en castellano, ni su propio cuerpo... Primero le dijo "cette nuit, tout c'est eté un merrrrggggde". Y luego le erró al cesto de basura y vomitó al costado. Al menos el chico la acompañó hasta la casa, creo que porque no entendía lo que Sophie le decía en francés.

Si esto guardara relación con lo de la cometa, diría que Sophie parece aceptar lo que llega y lo que se va con la misma alegría, pero... ¿se trata de una felicidad tan sincera?, ¿está con raros por tolerancia y aceptación o por falta de determinación?, ¿es que en realidad se cree enamorada cuando no lo está?, ¿sabe qué le gusta y qué no? Y, ¿llegará alguna vez a escucharse a ella misma tan bien como nos escucha a nosotras?

—¡Ay, chicas, me escribió! —Me sacó Sophie de mi recuerdo para responder a mis preguntas internas.

—¿Y te alegra? —Se apresuró Belén.

—Noooo.... Es Marco, el del trabajo. Hoy ni bien me desperté, todaviá con el mareo de ayer, lo llamé y le dejé un mensaje de voz, pero no recuerdo bien qué le dije —Se reía como si aún estuviera drogada—. Me dice que ya hablaremos mañana en el trabajo... ¿eso será bueno o maló?

Las gaviotas sonaban a grillos...

Al menos se había arriesgado con un chico que no tenía "seguro". Eso era un paso importante.

Camila y Luciana desviaron nuestra atención al volver al pareo, empapadas y con las manos vacías. ¿Qué nos decían sus historias de su persecución al amor?

Luciana pasa página

Ni bien llegué a la playa, Lu me contó muerta de vergüenza que esa mañana, cuando bajaba en el ascensor para venir a encontrarse con nosotras, su vecino se quejó de los gemidos y ruidos de la noche anterior. Se había pegado tal borrachera que ni se acordaba de que se había convertido en la diablesa de Santa. Lo que sí se acordaba bien es que por la mañana se despertaron abrazados, él con un poco de tos. Lu vio su oportunidad para internarse en la cocina con su babydoll de transparencias y pantuflas de plumas, se calzó el mandil y le hizo su caldo de pollo con chile que todo lo cura. Klaus se dejó mimar y durmió como un bebé hasta que Luciana le cantó las mañanitas cuenco caliente en mano; después se comió también el pollo con un buen plato de arroz. Pasaron la mañana entre besos y abrazos; él le hizo masajes para agradecer la comida y mi amiga al fin se dejó dar un poco de cariño. Ahí estaban los dos, en pleno enamoramiento, cuando otro mensaje de su ex la desmoronó. Decía algo como que ella siempre lo extrañaría en el día de los enamorados ya que no encontraría a nadie que la quisiera y la aguantara como él. Las melodramáticas lágrimas brotaron de sus ojos y sonidos de congoja le dieron ese aire de telenovela que la persigue —eso me lo imagino yo, no hace falta que lo diga ella—. Klaus intentó consolarla pero Luciana le pidió que se fuera, incluso sabiendo que el ex era muy mala persona, no se lo podía quitar de la cabeza. Cómo sufría por ese chico, era inentendible para todas nosotras... Luego, nos dijo que esperaría unos días y volvería a contactar con Klaus para intentarlo otra vez con unos tamales de ternera, sólo ternera.

Estaba claro que era perseverante en esto de encontrar el amor, pero tropezaba con los mismos obstáculos una y otra vez. Klaus, como todos los hombres que sucedieron a su ex, no era más que un nuevo hombre tirita. Este era el punto que mi amiga no entendía: en tanto le pusiera apósitos a sus emociones, en vez de curarse a consciencia de su ruptura, no lograría encontrar una pareja que se quedara a su lado, para su desgracia y mi suerte, ahora que me había vuelto a reafirmar en la idea de la soltería. Qué egoísta soy a veces...

—¿Te quedó un poco de caldito de pollo, Lu? —Camila preguntó a los estornudos.

—Tú no eres un macho potencial, olvídate. —respondió haciendo ademanes con sus manos.—Bueno, pásate luego por casa si quieres —se compadeció estornudando también.

Estas dos perseguían al amor hasta la enfermedad, fue mi conclusión incluso antes de hacer el resumen mental de la historia de Camila.

Camila se queda sin flechas

Camila se las ingenió para verse con el camarero la noche de los enamorados. Le había enviado un mensaje el sábado por la mañana diciéndole que estaba pintado un cuadro y que necesitaba modelo. Yo creo que el chico se sintió erotizado por la idea de convertirse en musa, y accedió. Como la mayoría de hombres que van a la casa de Camila a ver cuadros o a posar, se encontró por sorpresa con una esmerada cena, luces bajas y velas por toda la casa. Por lo que le dijo el camarero, la hippie era una novia de hacía unos pocos meses y estaba de viaje hasta la semana siguiente. Camila se justificó diciendo que si él había accedido a quedar con ella, era porque la novia tanto no le importaba y que si rompían ella nada tenía que ver... Cómo presumía del éxito de la noche anterior. Como si de un novio se tratara. Ya le había mandado un mensaje para volver a quedar esta misma noche con la excusa del cuadro que obviamente ni había comenzado a pintar, pero el camarero aún no le había contestado. Como en otros casos, estoy segura de que no habría una segunda cita y que mi amiga no entendería el porqué.

Si tuviera que trazar la relación con la cometa, diría que corre al amor pero que no lo alcanza porque, aunque cree que se esfuerza al máximo, no es así. Gasta su energía en chicos que van a otro ritmo y a otro lado. Quizás, en lo más profundo de su ser, no quiere a esa familia que ella misma se impone todos y cada uno de los días. Yo se lo digo siempre, pero ella insiste en que quiere un marido, sólo que tiene mala suerte y se enamora de hombres que la engañan y que la usan para sacarse el calentón. No hay manera de que vea que es ella quien los arrastra a su cama. ¿Algún día dejaría de correr tras los niños y se quedaría quieta cuando un verdadero hombre se le acercara? Y más grave aún, ¿pasaría yo por una disyuntiva/bipolaridad similar?

Tal para cual

—Lu, mirá este artículo —señalaba Camila en la revista de Belén.— Hay una especie de retiro espiritual para encontrarte con tu ser interior. Sólo mujeres, dice. Por cuarenta días. El próximo comienza mañana —leía y se soplaba la nariz con un Kleenex empapado que sacó del bolsillo de su abrigo.

—Después de los seminarios de constelaciones parentales, la lectura de cartas natales, coaching y meditación, es lo único que te queda —me reía.

—¡Vamos! Yo necesito internación, güey.

Sophie, Belén y yo no podíamos creer que hablaran en serio.

—Ustedes van a terminar corrompiendo al pastor, seguro... —agregué

Mis amigas se estrecharon las manos y se pusieron con los móviles a reservar plaza. Estaba claro que este San Valentín no había dejado indiferente a nadie. ¿O sí...?

La valentía de Belén

La catalana nos contó que la tarde anterior, cuando entró a trabajar al bar, se encontró con el camarero que había empezado la semana anterior, y que éste le comunicó que era el nuevo encargado del turno. Asqueada, pero muda, comenzó con sus quehaceres. Entonces recibió un mensaje de Santiago diciéndole que no podía quedar ese día pero que, "en principio", el lunes sí. Primero se encerró en el almacén y mordió fuerte una baguette para reprimir la ira. De cuclillas en una esquina entre la harina y el café, en un impulso le puso fin a los "en principio" y lo dejó por Whatsapp. Con un mensaje de voz le dijo que sus idas y venidas la degradaban como mujer y como persona y que ja n'hi havia prou. Él le respondió que no tenía que ser todo tan drástico y empezaron con una interminable conversación. Entonces se dio cuenta del espiral en el que se había metido hacía ya un año. Tan blanda se percibió a sí misma, que no se reconoció. En otro brote, agarró un paquete de harina, lo rompió contra la estantería y tras este rompió otro para ahogar sus ganas de gritar. Dejó a Santiago por última vez con un mensaje de texto y cerró el chat. Salió del almacén serena, con los pelos alborotados y sacudiéndose algo de todo el polvo blanco del que estaba cubierta. Frente a la barra, se sacó el mandil, se lo entregó al nuevo encargado y salió del bar para no volver.

Sophie nos dijo que Belén llegó a la casa casi llorando, pero en cuanto la francesa la vio entrar con esa pinta de loca, se tentó tanto de la risa que terminaron las dos llorando en el sofá pero a carcajadas, agarrándose la panza del dolor y sin poder explicarse hasta unos minutos más tarde qué había pasado.

Mi primera lectura sobre la actitud de Belén hacia la cometa podría ser que tiene una postura derrotista frente al amor, pero lo cierto es que estaba siendo determinante con su felicidad, alejando a ese entretenimiento insano de su vida. Si al final Belén es un toro, sólo necesita algo de tiempo para salir al ruedo otra vez.

Cometa

¿Y yo que la dejé partir y volví al pareo? Como estaba haciendo con Jimmy, aunque él aún no lo supiera... ¿Sabré alguna vez mantener mi cometa remontada, o la dejaré marchar sin más a la menor complicación siempre? Creo que esta pregunta se me escapó en voz alta porque Belén, acostumbrada a este tipo de planteos míos, intervino.

—Si lo quieres déjalo volar, si vuelve será que se pertenecen, si no, nunca habrán sido el uno para el otro. O algo así dicen... —dijo y encendió otro cigarrillo.

Fácil me hubiera resultado pensar que era de esas personas que vivían con esta máxima porque saben querer sin poseer, que era sensata y equilibrada, pero... ¿cuánto había de cobardía en eso?, ¿se debía al miedo a renunciar a mi vida de soltera ahora que al fin la tenía?

—¿Por qué no dejas de hablar entre dientes y me lo preguntas con la boca bien abierta? ¿No has visto todo lo que has hecho? Quedaste con el capullo de Jimmy en pleno San Valentín sabiendo que podía romperte el corazón. No funcionó, vale, pero cuando llegue el correcto lo sabrás. Y ese día volverás a enamorarte.

No sé por qué, pero las palabras de Belén no me convencieron...

La angustia copó mi pecho. Hurgué en los bolsillos de mi chaqueta y encontré la piedra azul que me había dado la gitana. Pensé en toda la energía que le había depositado a su predicción y la lancé al aire con el pulgar como si de una moneda se tratara. Siguiéndola con la mirada, a través de su filtro azul, vi una silueta acercándose a mí. La gema se cayó, pero mis ojos no se despegaron de quien venía a mi encuentro cortando el sol con sus pasos. Llevaba un helado en cada mano y me miraba y bajaba la vista alternativamente. Pese a que los rayos de sol intentaban encandilarme, lo reconocí enseguida. Era Moritz. El corazón me daba saltos en el pecho. Quería llorar, reír. ¿Qué hacía en la playa? ¿Cómo me había encontrado? M4br... "M" for beer"... "M" de... ¡Moritz! La lista, su baile descoordinado y entusiasta, los besos en la fuente y su promesa de volver vinieron a mi mente en un instante. Me levanté y fui hacia él con paso rápido. Enfrentados, nos miramos unos segundos en silencio. Yo intentaba encontrar el amor en la claridad de sus ojos, él, no lo sé. Luego me extendió la mano con el helado de pomelo y jazmín. Yo extendí la mía para agarrarlo. Pero, justo por detrás de su hombro, apareció la cometa revoloteando y se alejó paralela al mar. Salí corriendo a buscarla. Esta vez no se me escaparía.

Se terminó de imprimir en
febrero de 2018.